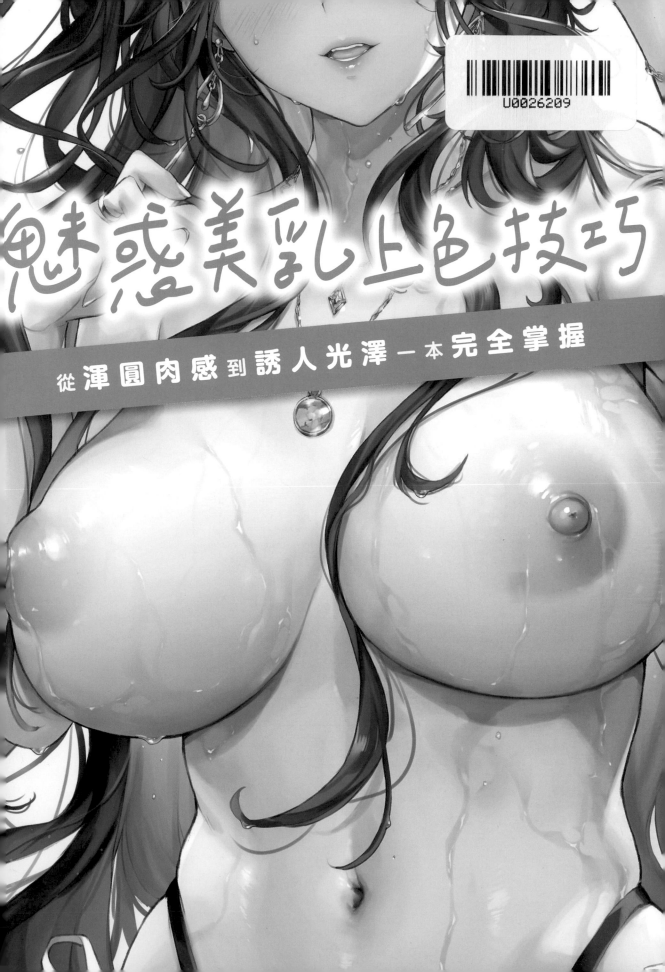

魅惑美乳上色技巧

從渾圓肉感到誘人光澤一本完全掌握

Contents

本書使用方法

本書共分為兩大章節：Chapter01 講解乳房和數位上色的基礎，Chapter02 則講解乳房的上色手法。

Chapter02 包含插圖繪製過程、圖層一覽圖，以及插圖成品三個部分。您可在繪製過程查看乳房的上色手法；在圖層一覽圖裡，則能夠查看乳房每個上色步驟在圖層內的具體位置。

✎ 本文

在本文中，正進行作業的圖層名稱以粗體表示。使用的筆刷等工具名稱會以大括號 [ ] 括起來。

✎ 範例圖

於左下角會標示作業圖層的名稱。只要配合「圖層一覽圖」頁，就能查看當前的作業階段。

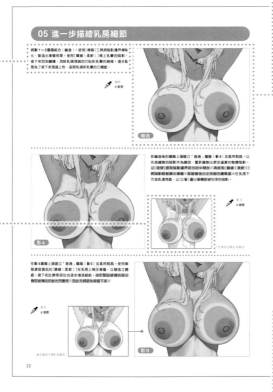

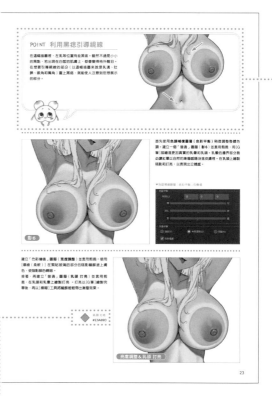

✎ 副圖

用來補充說明範例圖裡進行了哪些作業，例如標記出作業圖層裡新繪製的部分。

✎ 色卡

作業圖層中所採用的描繪色，會以6位數色碼記載於此。若並非採用指定色彩，而是利用 [吸管] 工具來汲取中間色進行上色，則會放置吸管圖示。

✎ POINT

本書的吉祥物角色「捏捏」會向您解說各種讓乳房更具魅力的表現技法。

Chapter 01

乳房與
上色的基礎

在講解本書的主題，也就是乳房的上色手法以前，先就形狀看似單純，想畫好畫美卻並不容易的乳房繪製，以及使用數位繪圖工具進行上色的相關基本知識進行解說。

01 乳房描繪法

✦ 描繪乳房的過程步驟

如碩果般從大胸肌延伸而出的豐滿乳房。但乍看大而圓隆，先端並帶有乳頭的簡單構造，一旦形狀稍有扭曲或偏移，都會帶來視覺上的突兀，可說是相當棘手的部位。這裡將會從描繪肋骨和大胸肌的步驟開始，一步步說明如何繪製出形狀均衡且自然的乳房。

❶ 畫出肋骨的輪廓

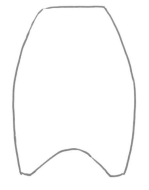

▲首先，讓我們畫出乳房所在位置的基底，也就是之後會形成胸部的肋骨輪廓吧。

❷ 畫出大胸肌的輪廓

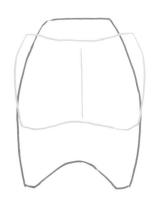

▲勾勒出位於乳房和胸部之間的大胸肌輪廓。大胸肌是覆蓋著胸部的肌肉，從腋下一帶延伸並覆蓋住整副肋骨的中央一帶。

❸ 畫出乳房的輪廓

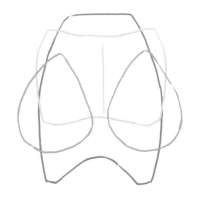

▲想像著在大胸肌的上方，掛著兩個水滴狀的水球，藉此畫出乳房輪廓的草圖。

❹ 根據輪廓畫出身體

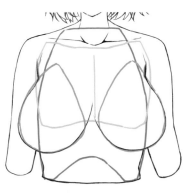

▲透過肋骨、大胸肌和乳房的草圖，將上半身畫出來。要是能一併畫出鎖骨等部位的草圖，更容易勾勒出整體形貌。

❺ 畫出乳頭的雛形

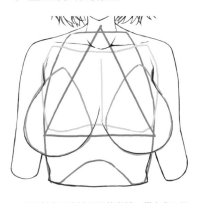

▲以頸部（相當於男性的喉結一帶）和2個乳房的中心一帶為頂點，畫出一個正三角形的草圖。只要將乳頭畫在正三角形底角的頂點位置，就能讓乳房看起來更加自然。

❻ 完成！

✦ 角度與姿勢的種類

從繪製肋骨和大胸肌的草圖開始繪製乳房的好處是，即使改變角度或姿勢，也能更容易地掌握其應有的形狀。養成畫草圖的習慣，試著練習描繪各種角度和姿勢的乳房吧。

側面視角	正上方

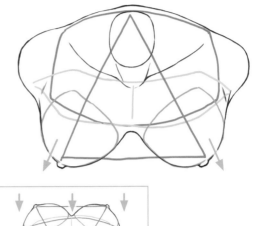

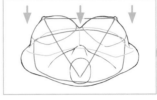

◀ 仰躺狀態

▲ 側面視角的乳房輪廓因人而異。乳房形狀的多樣性，在第9頁有詳細解說。

▲ 從正上方看下來的景象。由於正面大胸肌呈平緩的曲線，因此搭在上方的乳房會傾向外側。此外當仰臥時，乳房會因重力作用而塌扁變形。

斜向視角	斜向視角（雙臂抬起時）

▲ 在斜向視角的情況下，較難標定乳頭的位置。請在繪製正三角形草圖的同時留意乳房的方向，並畫出乳頭。

▲ 由於大胸肌與上臂相連，當抬起手臂時，也會將大胸肌向上拉伸。因此，位於大胸肌上方的乳房也會跟著被向上拉起。

02 乳房的種類

✦ 大小的種類

微乳、普通乳、巨乳、超乳……大小是決定乳房個性的重要因素,因此有各種用來描述乳房大小的詞彙。了解不同大小乳房的特點,可以幫助您更深入地描繪出自己想要表現的乳房。

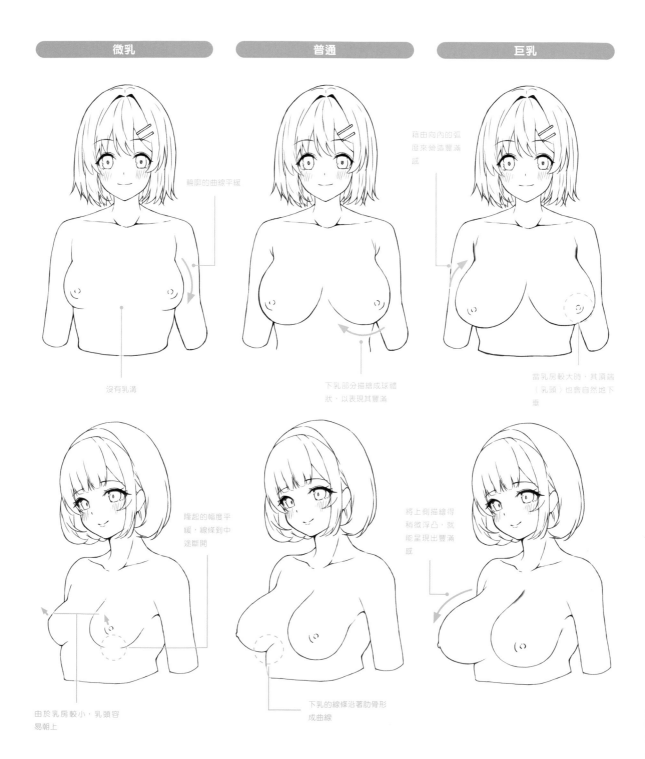

微乳

輪廓的曲線平緩

沒有乳溝

隆起的幅度平緩,線條到中途斷開

由於乳房較小,乳頭容易朝上

普通

下乳部分描繪成球體狀,以表現其豐滿

下乳的線條沿著肋骨形成曲線

巨乳

稍由向內的弧度來營造豐滿感

當乳房較大時,其頂端(乳頭)也會自然地下垂

將上側描繪得稍微浮凸,就能呈現出豐滿感

✦ 形狀的種類

就如每個人的乳房大小不同，乳房的形狀也是各式各樣的。接下來將以易於呈現胸型差異的側面視角插圖為例，講解6種具代表性的乳房形狀及其特徵。

淺盤形	碗形	半球形

▲頂部（乳房最高點）和底部（乳房根部）之間的差距較短，在大胸肌上形成微微的隆起。

▲彷彿一個碗蓋在胸上的乳房形狀。一般認為日本人以此形狀居多。

▲相較於碗形，乳房上半部更有分量，呈現出如同半圓形的輪廓。

圓錐形	吊鐘形	水滴形

▲富有彈性，頂端面向前方，上下呈對稱形狀的乳房。

▲體積超越半圓形，如火箭般由身體正面挺立而出的乳房。

▲具有分量的乳房被重力拉往下方，而形成水滴般的輪廓。

03 乳暈・乳頭的種類

✦ 表現出乳房個性的乳暈和乳頭

位在乳房頂端的乳暈和乳頭由於平時被衣物遮蔽看不見，因此一旦顯露便格外吸睛，有時甚至會比乳房的大小或形狀更能決定乳房給人的整體印象。這裡將介紹6種形狀和大小各異的乳暈・乳頭類別。

豆粒型	標準型	大乳暈型

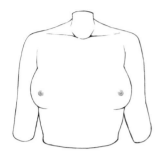 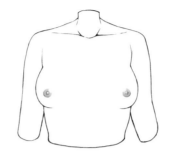 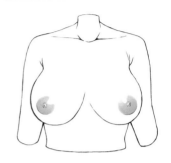

▲乳房頂端帶有尖挺的乳頭和小乳暈。

▲乳暈尺寸不大不小，乳頭呈柱狀並圓鼓鼓地突起。

▲乳暈大圈的乳房。富有存在感的乳頭和乳暈令人留下深刻印象。

淺色素型	乳暈突起型	內陷型

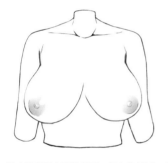 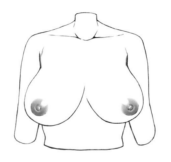 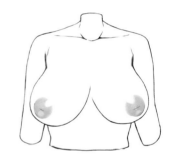

▲這也是乳暈大圈的乳房，但色素較淡，輪廓較為模糊。

▲連乳暈部位也高高隆起的類型。能讓乳房顯得更加立體。

▲乳頭陷入乳暈的乳房。關於其詳細結構，在 p.62 也有解說。

POINT 乳頭頂端的形狀

除了大小和隆起方式，乳頭的頂端部分是否凹陷，也是另一種形狀上的差異。沒有凹陷可以為乳頭帶來較整潔的印象，有凹陷則能突顯出寫實感和立體感。根據想要呈現的角色或乳房，描繪出相應的乳頭種類吧。

10

04 乳房的動態

✦ 隨著動作產生的乳房變形

柔軟的乳房，會因人物採取的姿勢或動作而變化成各種形狀，給觀者留下深刻的印象。這裡整理了一些代表性的乳房變形。但這些變形僅僅是冰山一角。乳房擁有無限的表現可能性，希望大家也能積極探索出新的表現方式。

從兩側向內輕夾

▲也就是俗稱的「收胸」。來自兩側的輕壓力道將乳房推向前，突顯出其體積。

掐陷

▲泳衣或內衣的布料或繩帶掐住並陷進乳房的樣子。藉由描繪掐陷部位造成的輕微隆起，就能給人留下乳房柔軟的印象。

緊夾

▲力道比起「從兩側向內輕夾」更強，使乳房發生明顯的形變，乳頭的方向也歪向左右兩側。

托抬

▲將乳房擱上手臂或桌子等物體的姿勢。這會使乳房上側的傾斜角度變為平緩，使乳房向前挺起。

搓揉

▲手指深陷乳房並搓揉的動作。藉由描繪指縫間擠出的乳房,來表現乳房的柔軟。

下垂

▲在p.7曾說明過乳房是以向外的角度貼附在胸上,但若乳房超過某個尺寸而呈現垂掛狀態,則會受重力影響而伸長,乳頭也會轉向胸膛的正面。

承受重力而流淌

▲此為仰躺姿勢下的乳房。乳房會沿著胸膛的弧度,移向左右兩側。

擠向單邊

▲在側臥姿勢下,乳房會垂向單側或是相互擠壓。藉由這種左右非對稱的乳房形狀,可表現出其柔軟感。

POINT 留意反彈力道

乳房常被形容為水球或灌了水的皮球。這是因為它們不只具有一壓就變形的柔軟,更具備了抗拒壓力的彈性。透過將施力部位承受的反彈力道描繪出來,便能表現出乳房具有的彈性和柔軟質感。

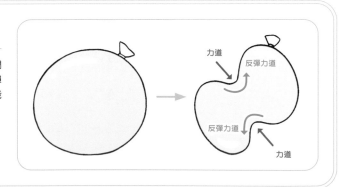

05 上色風格

數位插圖上色的塗法，可大略分為下列4種。不過，這些分類與其說是「各立門戶的流派」，更像是「這樣畫就能畫出類似○○○的風格」，因此也不乏「介於筆刷塗法與厚塗法之間」或者「動畫風塗法風格的筆刷塗法」之類獨特畫風。請將這些分類當作參考即可。

筆刷塗法

以一枚又一枚的圖層堆疊起色彩層次，是數位繪圖的基本上色手法。遊戲插圖方面以此類風格為大宗。

動畫風塗法

畫出並簡單堆疊起境界分明色彩的上色手法，呈現的效果接近賽璐璐膠片，適合用來表現角色的可愛特質。

厚塗法

於單一圖層上運用[滴管工具]來擷取中間色調，多次塗抹出豐富色彩的上色手法。使用圖層相對較少，更接近傳統繪畫的上色方式，適用於呈現資訊量龐大的緻密細節。

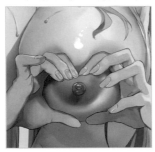

霧面塗法

一種相對新穎的上色手法。主要使用「普通」圖層，並藉由[模糊]等工具來延展並疊加色彩，藉此呈現出單純而細膩的漸層效果。

06 剪裁（Clipping）

這是許多繪圖軟體都具備的基本功能。假設你準備為角色的頭髮上色，並且在已經上好底色的圖層1的上方，再添加一個剪裁用的圖層2。若沒有使用剪裁功能而直接在圖層2上繪製陰影，就得小心別讓陰影超出底色範圍。但若使用剪裁功能，就能將圖層2的可上色範圍侷限於頭髮底色範圍內，如此一來就能輕鬆地繪製陰影，不用擔心超出底色。

▶在CLIP STUDIO PAINT裡，紅色框起來的部分是剪裁按鈕。套用剪裁後，在圖層的縮略圖旁邊會顯示紅色標線。

▶在PaintTool SAI裡，紅色框起來的是剪裁的勾選框。套用剪裁後，圖層縮略圖旁邊會顯示紅色標線。

剪裁前

剪裁後

07 圖層的混合模式

數位繪圖工具內建各種不同的圖層模式，所選擇的模式會改變與下方圖層的顏色疊加（也就是混合）方式。接下來將會對本書的形象角色「捏捏」疊上亮色和暗色兩種顏色，並以此為範例，講解本書所登載的插圖會應用到的各種圖層模式效果。

普通

這是預設的混合模式，描繪的顏色會直接蓋過下方圖層，「捏捏」將完全消失。

色彩增值

描繪的顏色和下方圖層的顏色疊加。由於顏色會變暗，常被用於繪製陰影。

濾色

將下方圖層的顏色反轉後，與當前圖層的描繪色進行疊加。由於能帶來與「色彩增值」相反的增亮效果，因此常被利用於添加打亮。

覆蓋

對明亮的部分套用「濾色」效果，偏暗的部分套用「色彩增值」效果，使亮的部分變得更亮，暗的部分則變得更暗。

柔光

亮色重疊會變得更亮，暗色重疊則會變得更暗。

實光

這是一種與「柔光」類似的混合模式，但效果更加強烈（明亮部分會更亮，暗的部分會更暗）。

相加（發光）

將描繪色和下方圖層的顏色以數位方式進行相加，使其更加明亮，效果比起名稱近似的「相加」模式要來得更加強烈。在Paint tool SAI裡，「發光」能帶來類似的效果。

加亮顏色（發光）

將下方圖層的顏色變亮，並減弱對比度。這比名稱近似的「加亮顏色」效果更強烈。在Paint tool SAI裡，「明暗」能帶來類似效果。

線性加深

使下方圖層的顏色變暗，並且與描繪色混合。這效果與「色彩增值」類似，但是會產生更強烈的對比度。在Paint tool SAI裡，「陰影」能帶來類似的效果。

變暗

只有在塗上的顏色比下方圖層的顏色更暗時，才會取代其顏色；相反的，要是塗上的為較亮色，則顏色不會改變。

08 上色時的實用功能

數位繪圖工具裡具備各種實用的功能。這裡將講解本書刊載的插圖在繪製時經常用到的部分功能。

色調補償

這是一種濾鏡，可用於調整插圖的色相、彩度、明度和對比度等。當插圖製作進展到某個階段時，若想要調整插圖的色彩和亮度，這樣的功能就能派上用場。在Paint Tool SAI裡，只有「色相‧彩度‧明度」和「亮度‧對比度」兩種選項，而在CLIP STUDIO PAINT裡則能使用更多種色調補償圖層，例如能透過曲線圖調整色調的「色調曲線」等。

◀PaintTool SAI的「色相‧彩度‧明度」設定對話方塊

◀CLIP STUDIO PAINT的「色相‧彩度‧明度」設定對話方塊

▶PaintTool SAI的「亮度‧對比度」設定對話方塊

▶CLIP STUDIO PAINT的「亮度‧對比度」設定對話方塊

亮度‧對比度(C)...
色相‧彩度‧明度(H)...
色調分離(P)...
色調反轉(I)...
色階(L)...
色調曲線(T)...
色彩平衡(B)...
二值化(N)...
漸層對應(G)...

▲CLIP STUDIO PAINT內建的色調補償圖層

圖層蒙版

▶紅色框起來的是CLIP STUDIO PAINT的圖層蒙版建立按鈕

▶紅色框起來的是Paint Tool SAI的圖層蒙版建立按鈕

啟用圖層蒙版後，圖層縮圖旁邊會顯示蒙版縮圖。選擇蒙版縮圖後可以在圖層上創建蒙版，而被蒙版覆蓋的區域將不會再顯示。例如：您可以創建一個鏤空為心形的蒙版，讓繪圖只顯示鏤空的心形部分。

▲無圖層蒙版

▲啟用圖層蒙版

鎖定透明圖元

▶紅色框起來的是CLIP STUDIO PAINT之中的「鎖定透明圖元」按鈕

▶紅色框起來的是PaintTool SAI的「鎖定透明像素」按鈕

在Paint Tool SAI裡，這個功能叫做「保護像素不透明度」。它能讓圖層中未繪製的部分（透明部分）無法進行繪製。這功能就和剪裁一樣，在您想盡情上色但又擔心超出邊緣時非常方便。使用厚塗這種一個圖層反覆疊色的繪圖法時，這個功能尤其有用。

▲鎖定圖元（透明像素）未啟用

▲鎖定圖元（透明像素）啟用

15

Chapter 02 ·····································

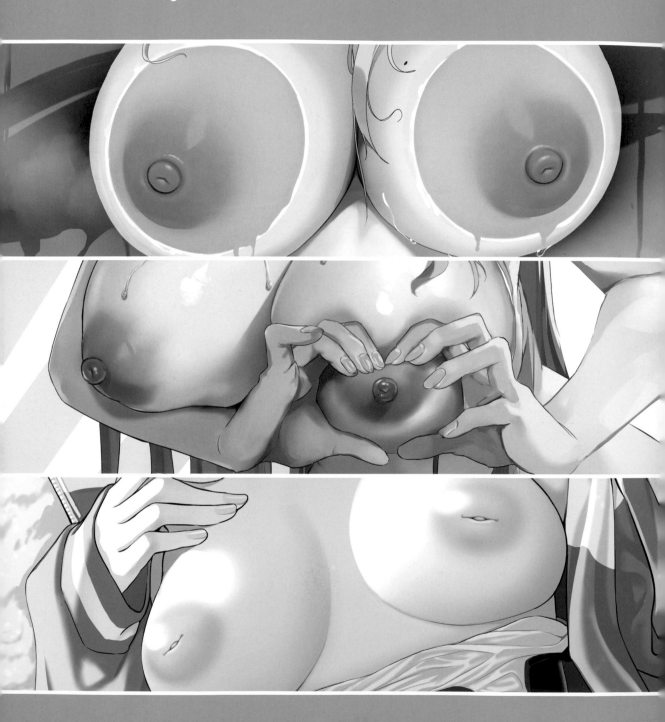

····································· 各種

本章將以 6 名活躍於第一線的乳房繪師，所創作的 6 幅乳房插圖的繪製過程為例，講解乳房的上色法，以及增添乳房魅力的表現技巧。
每幅插圖的乳房類型、上色法和場景都各不相同。雖然乳房的表現手法博大精深，無法全部囊括，但若能掌握本章所講解的乳房上色法，將能對您的乳房表現能力帶來顯著提升。

乳房上色法

貼住玻璃的
乳房上色法

上色風格：筆刷塗法　♡　使用軟體：CLIP STUDIO PAINT PRO/EX

Illustration by homura saki

Profile　職業插圖家。主要於各社群網站活動。
Twitter ID　https://twitter.com/homura0_1
Pixiv ID　https://www.pixiv.net/users/84100162

繪製過程

01 3種貼在玻璃上的乳房

草圖以[G筆]繪製。就算線條有些扭曲,事後也能用[套索選擇]工具或[變形]工具進行修正,因此在這階段不需要過度追求線條精確,快速簡略地勾勒出畫面即可。

草圖一共準備了3種。

Ⓐ 是女孩將乳房前傾壓在玻璃上的姿勢。透過嗜虐的表情以及逼近而來的壓迫感,來突顯乳房的大小。

Ⓑ 是女孩以挑釁的表情將乳房壓在玻璃上的姿勢。雙手舉起的姿勢使乳房向橫向擴展,透過其分量來呈現迫力。

Ⓒ 是女孩以嬌羞的表情將乳房貼在玻璃上。相較於前2案,擠壓程度較為保守,但透過乳房的景深,植入其碩大的印象。

由於主題是「貼在玻璃上的乳房」,Ⓒ 的壓迫感較為保守,故首先被淘汰。至於剩下的Ⓐ和Ⓑ,由於Ⓐ不只乳房,連手臂也壓上玻璃,而Ⓑ則僅將乳房壓在玻璃上。考慮到Ⓑ更能體現主題,因此選擇Ⓑ作為決定稿。

一旦構圖定案,接著開始繪製更加細緻的底稿。同時畫上用來表示骨骼與肌肉的輔助線,以更精確地掌握身體的形狀。為了配合挑釁的姿勢,女孩的表情也變更為吐舌頭的模樣。

底稿

02 起線稿

將人體拆分為**頭髮、臉**和**身體**3部分,個別建立「普通」圖層並畫出線稿。
若將線稿事先分層,那麼當你想修正特定部分,例如「臉」或者「頭髮」
時,執行起來就能更加輕鬆。

線稿一樣是以[G筆]來描繪。使用[G筆]的細線畫線稿時也許會讓人覺得
(草圖或底稿階段所具有的)插圖的密度或張力流失,但那些都會在隨後
的上色作業裡恢復,因此不必過度擔心。

▶以顏色區分各部線稿
的示意圖

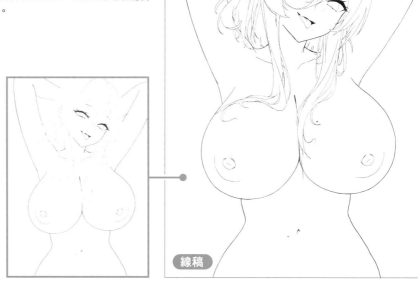

線稿

03 以醒目的顏色上底色並檢查乳房形狀

在線稿圖層下方,建立一個用來上底色的「普通」圖層(底色)。以[填充]
或[圍住塗抹]工具,對身體和頭髮填上底色。
上底色時不要直接使用既有色(例如對肌膚塗上淡米色),而是先塗上彩度
高的醒目顏色,以便檢查線稿是否有斷線或者扭曲。
乳房由於形狀單純,稍微有一點變形都會格外顯眼,因此在這個階段請仔
細檢查。

檢查完畢(若有必要則進行修正)後,將底色換成既有色。上好底色的圖
層請執行[鎖定透明圖元]。接著,對「普通」圖層疊上剪裁用的圖層,並
對**眼白、眼睛、舌頭**和**乳暈**也填上底色。

▶以醒目的顏色填上底色,目測線稿是否斷線
或扭曲就更加容易。身體部分結束後,以相同
步驟對頭髮填上底色。

肌
#FFE9DF

髮
#E2DDE5

眼白
#D4C3C1

眼睛
#D29373

舌
#B26E65

乳暈
#D68D7F

底色

04 對乳房簡略塗上陰影

在底色圖層上頭建立「普通」圖層（影1）並套用剪裁，接著以[G筆]來畫出陰影。先假設光源位於畫面上方，並大略畫上陰影。至於乳房，則是在緊貼玻璃的部分畫上陰影。若加深乳房下方的落影，則更能突顯出乳房的碩大。

影
#C39E92

影1

在影1圖層上頭建立「普通」圖層（影2）並套用剪裁。使用降低不透明度的[噴槍（柔軟）]，對陰影添加一些紅色。這能為肌膚帶來血色，營造出性感的氛圍。

影2

▼加筆部分標記為黃色

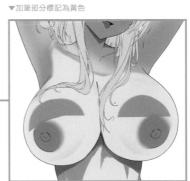

影2
#C59C90

在影2圖層上頭建立「普通」圖層（影3）並套用剪裁。以[G筆]對緊貼玻璃那部分的乳房補足陰影。這裡的乳房陰影有別於其他陰影，並不是光線造成的投影，而是光線在穿透玻璃時，部分被玻璃反射與吸收所形成，因此畫得比其他陰影稍微明亮些。

影3
#DFBAAD

影3

05 進一步描繪乳房細節

將影1～3圖層組合（**組合**）。使用[模糊]工具將陰影邊界模糊化，製造出漸層效果。使用[噴槍（柔軟）]補上乳暈的陰影。接下來回到**線稿**，消除乳頭頂端的凹陷和乳暈的線條。這步驟是為了接下來透過上色，呈現乳頭和乳暈的立體感。

組合
吸管

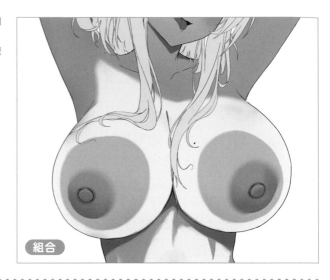
組合

在**組合**後的圖層上頭建立「普通」圖層（**影4**）並套用剪裁。以先前繪製的陰影作為輔助，重新繪製出更加逼真的整體陰影。以[吸管]提取陰影邊界部分的中間色，再使用[噴槍（柔軟）]將陰影輕輕噴出漸層，就能營造出女孩般的膚質感。在乳房下方或乳溝等處，以[G筆]畫出筆觸堅硬的深色陰影。

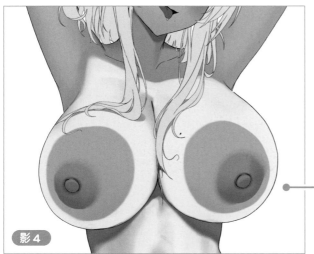
影4

影4
吸管

◀加筆部分標記為黃色

在**影4**圖層上頭建立「普通」圖層（**影5**）並套用剪裁。使用筆刷濃度調低的[噴槍（柔軟）]在乳房上補足漸層，以營造立體感。腋下和肚臍等部位也逐步增添細節。由於緊貼玻璃的部分會因玻璃的反射光而變亮，因此先將底色保留下來。

影5
吸管

▶加筆部分標記為黃色

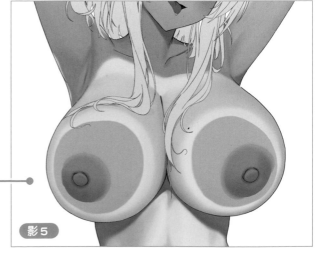
影5

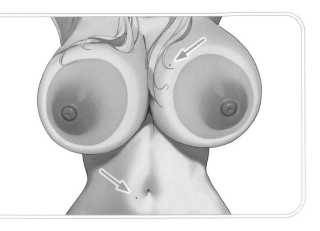

POINT 利用黑痣引導視線

在這幅插圖裡，左乳等位置有些黑痣。雖然不過是小小的黑點，若出現在白皙的肌膚上，都會變得格外醒目。在想要引導視線的部分（以這幅插圖來說是乳溝、肚臍、眼角和嘴角）畫上黑痣，就能使人注意到您想展示的部分。

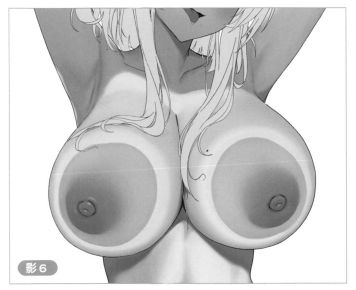

影6

首先使用**色調補償圖層（色彩平衡）**稍微調整整體色調。建立一個「普通」圖層（**影6**）並套用剪裁，用[G筆]描繪進更加真實的乳暈和乳頭。乳暈的邊界部分務必讓紅暈以自然的漸層感隱沒進皮膚裡。在乳頭上繪製陰影和打亮，以表現出立體感。

▼色調補償圖層（色彩平衡）的數值

建立「色彩增值」圖層（**亮度調整**）並套用剪裁。使用[噴槍（柔軟）]在緊貼玻璃的部分的陰影輪廓塗上膚色，使陰影顏色轉暗。

接著，再建立「普通」圖層（**乳頭 打亮**）並套用剪裁，在乳頭和乳暈上繪製打亮。打亮以[G筆]繪製完畢後，再以[模糊]工具將輪廓輕輕帶出漸層效果。

乳頭 打亮
#E3A89D

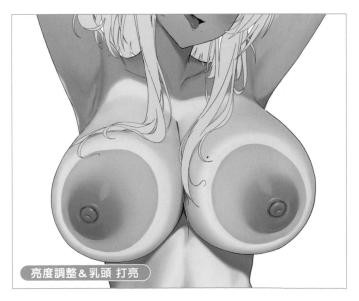

亮度調整&乳頭 打亮

乳房以外的上色法

眼睛的上色法

① 使用深橘色添加虹膜和陰影
② 在眼睛的上方和下方添加藍紫色的打亮
③ 以「覆蓋」圖層在藍色打亮的上頭塗上灰色以形成光澤
④ 在瞳孔上方添加明顯的打亮

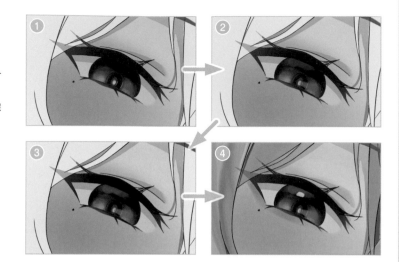

臉部的上色法

① 在眼角、上眼瞼和鼻子上添加陰影。在舌頭上也繪製陰影和打亮
② 繪製從臉上滴落的水滴
③ 在「柔光」圖層裡,對整個臉部塗上淡橘色,將臉部增亮

頭髮的上色法

① 將暗部大略上色,將上部增亮
② 以細微的陰影呈現頭髮的線條感,將頭髮的內層部分增亮
③ 補上深色陰影以增進視覺均衡,繪製頭髮光澤的打亮
④ 添加一根呆毛

回到線稿圖層,並[鎖定透明圖元]。使用[噴槍(柔軟)]對線稿進行彩色描線※。將乳房的下部、乳溝、手臂關節附近和下巴部位的線條塗成深紅色,使線稿融入上色裡。

在線稿圖層上方建立一個「普通」圖層(加筆),添加細節並使其蓋過乳頭的線稿,重新繪製成更逼真的乳頭,使乳頭不再藉由線條,而是以陰影呈現立體感。

加筆
吸管

before

after

加筆

06 描繪被乳房貼住的玻璃

為了使玻璃上的霧氣和水滴的效果更加吸睛,將背景設為黑色。在進行到目前為止的所有作業圖層最下方建立「普通」圖層(背景),並將整個畫面塗滿黑色。使用設為透明色的[噴槍(柔軟)]輕輕擦去上方,使畫面上方變亮,呈現出燈光照明的效果。
建立「普通」圖層(霧氣),使用設為白色的[噴槍(柔軟)]繪製附著在玻璃上的蒸氣。
建立「普通」圖層(玻璃),並將整個畫面塗白。開啟[圖層蒙版],在圖層蒙版使用[橡皮擦]或設為透明色的[噴槍(柔軟)]來刮除原本的白色上色,逐步呈現出玻璃的反光、凝結水珠和溼潤部分。在腹部上方的玻璃畫一顆心型,營造出更加性感的氛圍。

背景

霧氣

玻璃

※ 彩色描線……這個術語最初用於動畫製作中,指的是在繪製動畫原畫時,以色鉛筆描繪那些將來不會畫出實線的陰影、反光等輪廓。在數位插圖製作過程裡,把線稿改成與相鄰色近似的顏色,從而使線條融入上色裡的技巧,被稱為彩色描線。

07 以水滴表現乳房的緊貼感

建立「色彩增值」圖層（**水滴1**），使用設為白色的[G筆]增補水滴。
輪廓部分需描繪得清晰，其餘部分則使用設為透明色的[噴槍（柔軟）]
輕輕抹過使其模糊，這樣就能營造出水滴感。

水滴1
#FFFFFF

▼加筆部分標記為黃色

水滴1

建立「普通」圖層（**水滴2**），並使用[G筆]在剛才添加的水滴上追加
打亮。為了表現出被乳房貼住的玻璃那一面的水滴，對緊貼部分的外圍
畫出一圈清晰的打亮。

水滴2
#FFFFFF

▼在緊貼部分的外圍，水會因表面張力而附著

水滴2

08 調整光線使乳房更加醒目

建立一個「覆蓋」圖層（**亮度調整**），使用[噴槍（柔軟）]在想要強調的部位塗上低彩度的深紫色。塗上紫色的部分由於彩度高而變得鮮明，在畫面裡顯得更加醒目。藉由這次的修飾，將乳房的下部、乳溝和腋下等部位突顯出來。

亮度調整
#746E73

▼加筆部分標記為黃色

亮度調整

最後，建立「濾色」圖層（**照明**）。將畫面上部用設為白色的[噴槍（柔軟）]塗抹，以呈現照明光線在蒸氣裡散射的效果。在這過程裡，要是把臉部四周也塗成白色，將會使臉部顯得模糊，因此預先使用[圖層蒙版]來保護臉部周圍。

照明
#FFFFFF

照明

插圖家　Q&A　>>>　homura saki

Q．您喜歡什麼樣的乳房？

我喜歡看起來柔軟的Ｃ罩杯以上的乳房。

Q．您在畫乳房時有什麼堅持嗎？

在畫乳房時，我會謹記豐滿的輪廓以及水球般的柔軟，小心翼翼地勾勒出圓潤的輪廓。
此外，我會使用[噴槍（柔軟）]和[模糊]工具對陰影做出漸層，藉此表現柔軟的質感。

Q．要想把乳房畫得更好，您覺得應該注意些什麼？

乳房具有非常柔軟的質感。因此，當有物體緊貼乳房，會對乳房造成明顯的形變。當繪製這種變了形的乳房時，請試著將乳房假設為水球，想像其富有的彈力，並思考它會如何變形。然而，就算形狀正確，要是陰影上得不好，乳房看起來也不會美觀。為免損及乳房的質感，繪製的陰影請務必柔和。

圖層一覽圖

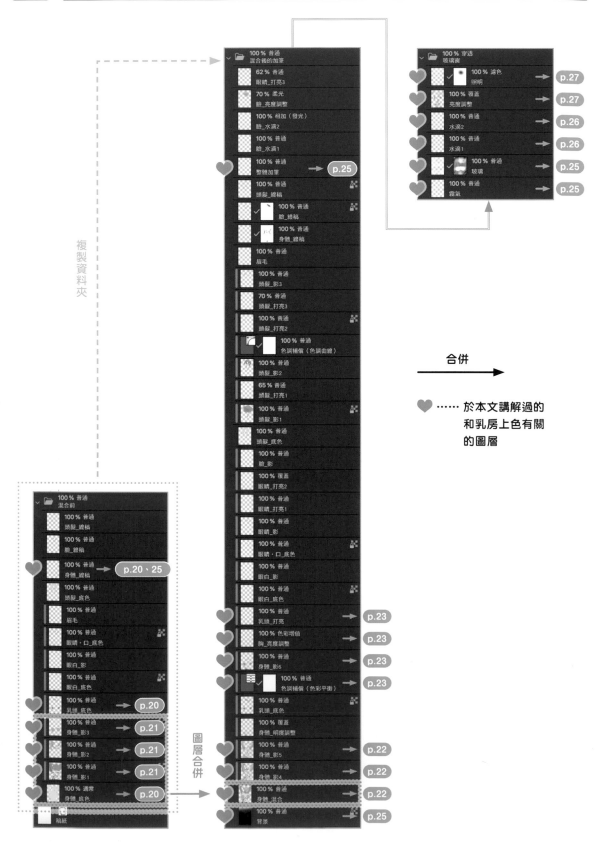

複製資料夾

右上資料夾（100% 穿透 玻璃窗）：
- 100% 濾色　照明 → p.27
- 100% 覆蓋　亮度調整 → p.27
- 100% 普通　水滴2 → p.26
- 100% 普通　水滴1 → p.26
- 100% 普通　玻璃 → p.25
- 100% 普通　霧氣 → p.25

中央資料夾（100% 普通 混合後的加筆）：
- 62% 普通　眼睛_打亮3
- 70% 柔光　臉_亮度調整
- 100% 相加（發光）　臉_水滴2
- 100% 普通　臉_水滴1
- 100% 普通　整體加筆 → p.25
- 100% 普通　頭髮_線稿
- 100% 普通　臉_線稿
- 100% 普通　身體_線稿
- 100% 普通　眉毛
- 100% 普通　頭髮_影3
- 70% 普通　頭髮_打亮3
- 100% 普通　頭髮_打亮2
- 100% 普通　色調補償（色調曲線）
- 100% 普通　頭髮_影2
- 65% 普通　頭髮_打亮1
- 100% 普通　頭髮_影1
- 100% 普通　頭髮_底色
- 100% 普通　臉_影
- 100% 覆蓋　眼睛_打亮2
- 100% 普通　眼睛_打亮1
- 100% 普通　眼睛_影
- 100% 普通　眼睛・口_底色
- 100% 普通　眼白_影
- 100% 普通　眼白_底色
- 100% 普通　乳頭_打亮 → p.23
- 100% 色彩增值　胸_亮度調整 → p.23
- 100% 普通　身體_影6 → p.23
- 100% 普通　色調補償（色彩平衡）→ p.23
- 100% 普通　乳頭_底色
- 100% 覆蓋　身體_明度調整
- 100% 普通　身體_影5 → p.22
- 100% 普通　身體_影4 → p.22
- 100% 普通　身體_混合 → p.22
- 100% 普通　背景 → p.25

左下資料夾（100% 普通 混合前）：
- 100% 普通　頭髮_線稿
- 100% 普通　臉_線稿
- 100% 普通　身體_線稿 → p.20、25
- 100% 普通　頭髮_底色
- 100% 普通　眉毛
- 100% 普通　眼睛・口_底色
- 100% 普通　眼白_影
- 100% 普通　眼白_底色
- 100% 普通　乳頭_底色 → p.20
- 100% 普通　身體_影3 → p.21
- 100% 普通　身體_影2 → p.21
- 100% 普通　身體_影1 → p.21
- 100% 通常　身體_底色 → p.20
- 稿紙

圖層合併

合併

♥ …… 於本文講解過的和乳房上色有關的圖層

咬肉乳房

上色法

··

上色風格：霧面塗法　♡　使用軟體：PaintTool SAI

Illustration by 九円

Profile　職業插圖家。主要於各社群網站活動，繪製以女孩為主題的插圖。

Twitter ID　https://twitter.com/kuennnnn12

Pixiv ID　https://www.pixiv.net/users/14929299

繪製過程

01 擠胸探身的姿勢

由於擅長描繪苗條的女孩,因此選擇了就算乳房不大,也能彰顯存在感的擠胸探身姿勢為主題。Ⓐ案同時展現乳房與臀部曲線,Ⓑ案則是利用緊掐著身體的三點式比基尼來表現乳房,Ⓒ案則是呈現乳房溢出泳裝的模樣。Ⓐ和Ⓑ由於包含了乳房以外(如臀部或胯部)的吸睛要素,因此最後以Ⓒ為決定稿。

02 以陰影草圖確認乳房的立體感

一旦草圖確定,接著就可以開始繪製底稿,構思完成圖。這個底稿是以所謂灰階上色法繪製的。這是一種先用灰色描繪陰影來表現出立體感,再透過一層層〔覆蓋〕等圖層來添加色彩的上色技法。先不考慮顏色,專注於勾勒出立體感,這樣就能更容易地掌握身體的形狀──特別是這次的乳房立體感。在這個階段,稍微將乳房的尺寸加大。

底稿(陰影)

底稿(彩色)

03 強調乳房的線稿

以底稿為輔助,使用 [鉛筆] 繪製線稿。線稿分為**下半身、上半身、頭髮 · 臉部輪廓、臉部**等獨立的圖層。

▶ 以顏色區分過的各部位線稿圖層

線稿

考慮到這是以乳房為主題的插圖,因此又在混合模式「普通」下建立了乳房專用的圖層(**乳房 線稿**),進一步凸顯乳房的輪廓線。在泳裝陷入的地方和腋下等部位以更濃更粗的線條加筆修飾,藉此凸顯乳房的重量感和柔軟感。

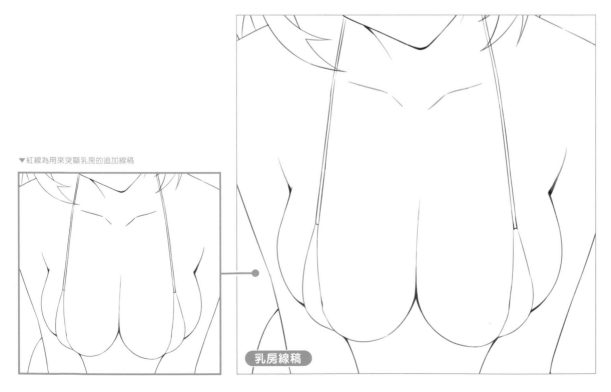

▼ 紅線為用來突顯乳房的追加線稿

乳房線稿

04 上底色

建立臉部、頭髮、肌膚、泳裝等獨立的圖層組並進行著色。在每個圖層組內建立「正常」圖層（底色），並使用[油漆桶]工具為各部位上底色。若使用太過明亮的顏色作為肌膚的底色，會使繪製打亮變得困難，難以表現乳房的光澤感。建議使用明度較低、彩度較高的淡橘色等顏色。

肌膚
#F5E0D8

頭髮
#9A8677

泳裝
#6B6362

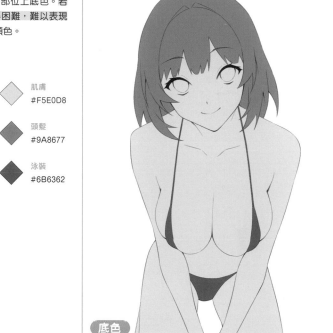

底色

05 為整體大略添加明暗

在底色上方建立「正常」圖層（影1）並套用剪裁。以底稿為參考，簡略地添加明暗，逐步賦予角色立體感。工具主要以[噴槍]、[畫筆]以及[模糊]三者併用，畫出柔和的陰影。
輪廓以筆觸柔和的[噴槍]繪製，再用[模糊]進一步造出輕柔的漸層。乳房下方的落影由於會在稍後進一步繪製，因此在當前階段，只要畫得比其他陰影更暗一些即可。

影1
#EDC5BD

影1

06 增繪細部陰影以表現肌膚的光滑

在影1的上方建立「正常」圖層（影2）並套用剪裁。使用[噴槍]，以比影1更深的顏色描繪落影。為了直觀地表現出乳房立體感，將光源的位置設定在畫面右上方。在乳房下方以及手臂與乳房重疊的部分繪製落影。這些陰影要是太淡，則無法突顯乳房的立體感，因此塗得略為濃重一些。

影2
#CA8B80

▶加筆部分標記為黃色

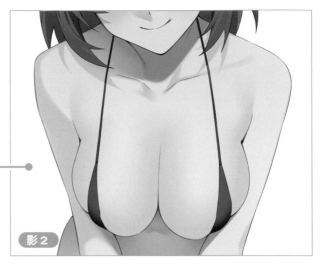

影2

在影2的上方建立「正常」圖層（影3）並套用剪裁。使用比影2更亮的陰影色為乳房畫上陰影。使用小號的[噴槍]塗色後，再以[模糊]將顏色抹開，以賦予陰影柔和感。由於角色以雙臂夾起乳房，乳溝因此更加深邃。為了呈現出乳房表面彎進乳溝裡的弧度，也在乳房上部塗了一層薄薄的陰影。

為了使面向畫面的乳房看起來更明亮，可以一邊以[吸管]工具汲取亮部的顏色，一邊仔細地塗上顏色。

影3

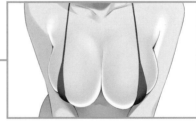

影3
吸管

◀加筆部分標記為黃色

在影3的上方建立「正常」圖層（打亮）並套用剪裁。先前在影3的上色，讓乳房整體顯得有些暗沉，因此在這裡補上打亮，以增強明暗對比。

使用筆刷尺寸加大的[噴槍]將乳房隆起的頂點部分塗亮。這裡使用的描繪色是底色所採用的色彩，並且有必要的話，以[模糊]工具將顏色抹開。這次由於乳房較大，打亮畫得較為鮮明，但若是較小的乳房，只需稍微提亮即可。

打亮
#F6EAE6

▶加筆部分標記為黃色

打亮

在**打亮**的上方建立「正常」圖層（**影4**）並套用剪裁。這裡主要使用[筆刷]來描繪乳房的輪廓、乳溝的深色陰影，以及落在手臂上的影子。由於這些屬於濃重的陰影，因此我盡可能不使用[模糊]工具。乳溝的陰影務必畫得清晰鮮明，藉此強調乳房的大小與重量感。

影4
#BA7D74

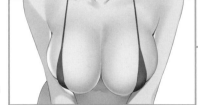

▶加筆部分標記為黃色

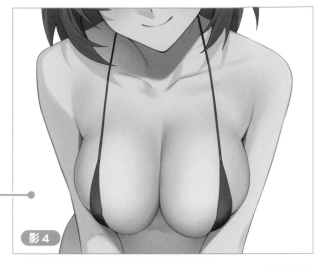
影4

到這一步，將肌膚的上色圖層進行合併（**合併‧加筆**），並在這個合併圖層上進行加筆，對整體圖使用[噴槍]或[模糊]工具，逐步表現出肌膚的光滑質感。
泳裝掐陷進乳房形成的陰影也在這一步畫進去。在這個階段若感到哪個部分突兀，則使用[吸管]工具提取該部分的顏色進行加筆，將其修正過來。

合併‧加筆
吸管

結合　加筆

POINT 乳頭和乳房的柔軟度差異 對泳裝造成的變化

乳頭比起乳房的其他部分（即排除乳頭和乳暈的其餘脂肪體）要來得堅硬，會對蓋在上頭的泳裝施以反作用力。因為這樣，泳裝在乳頭部位的下壓力道不足，因而顯得鼓起。
在描繪泳裝時若能留意這點，添加明暗對比，使泳裝表面的曲線帶有變化，就能夠畫出更逼真、更有魅力的乳房。

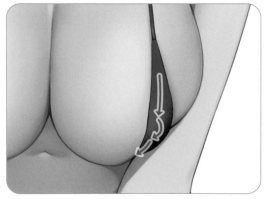

▶以箭頭標記泳裝表面的弧度變化

07 描繪從泳裝底下外露的乳頭

在**合併・加筆**的圖層上建立用來為乳頭著色的**乳頭**圖層組。首先建立「正常」圖層（**乳暈**），塗上乳頭和乳暈的紅色。先以[畫筆]等工具塗上紅色後，再以[模糊]工具將輪廓抹開，或是利用[噴槍]直接噴上輪廓模糊的紅色。這裡採用的，是比肌膚底色稍微偏紅的顏色。若貿然使用粉紅等顏色，塗出來的乳頭色澤往往不會太美觀，這點還請留意。

乳暈
#EDAE9B

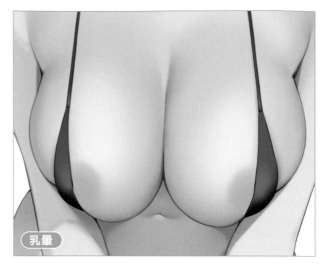

在**乳頭**上方建立「正常」圖層（**乳頭 線稿**）並套用剪裁。使用[畫筆]畫上乳頭的線稿，以及上頭包覆的泳裝所留下的落影。

▼加筆部分標記為黃色

在**乳頭 線稿**的下方（乳頭上方）建立「普通」圖層（**乳頭 影**）並套用剪裁。在乳頭的下部使用[噴槍]等工具繪製柔和的陰影。陰影的描繪色要是太暗，會使乳頭和乳暈的顏色顯得過渡濃重，因此這裡使用的，是比繪製乳頭時所使用的紅色再濃一些的顏色。

乳暈 影
#E19683

▼加筆部分標記為黃色

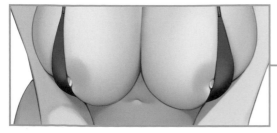

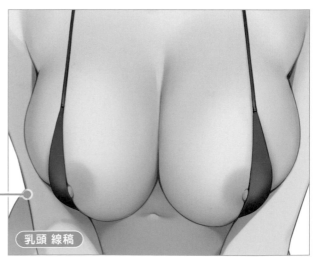

在**乳頭 線稿**的上方建立「正常」圖層（**肌膚 打亮**）。由於描繪打亮時會超出乳暈輪廓，這裡不套用剪裁。使用和繪製 p.34 的**肌膚 打亮**時相同的顏色，以［畫筆］畫上打亮。

在乳頭旁邊描繪清晰的小型打亮，對乳暈則是描繪大片漸層色的打亮，並在乳暈附近描繪中等大小的打亮。藉由各種類型的打亮，就能表現出立體的光澤感。

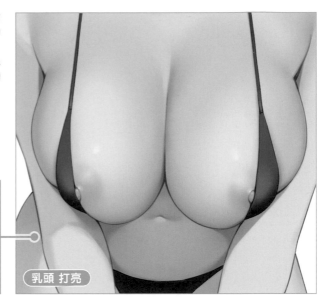

乳頭 打亮
#F6EAE6

▼加筆部分標記為黃色

乳頭 打亮

08 透過細部加筆提升乳房的質感

最後，將繪製臉部的圖層，以及臉部以外的其餘圖層（含線稿圖層）分開，各自進行合併。在身體的合併圖層（**身體 合併·加筆**）進行最後的加筆，一邊檢視整體，一邊對感到突兀的部分仔細地修飾。對腋下部位的擠肉、泳裝掐陷形成的陰影、乳溝的落影、以及乳房上方根部的明暗等進行加筆潤色，進一步提升繪圖的品質。

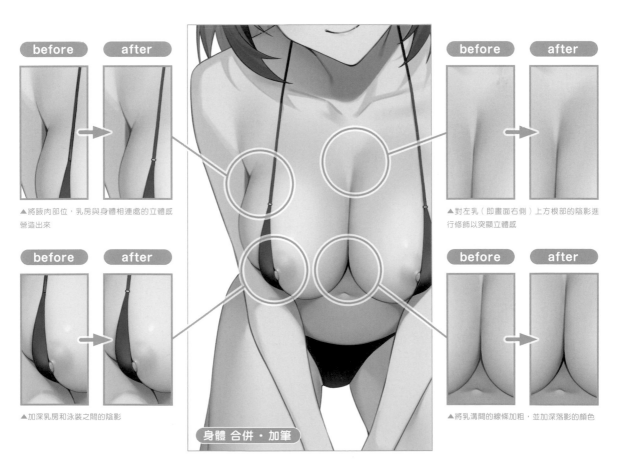

before　after

▲將腋肉內部位，乳房與身體相連處的立體感營造出來

before　after

▲加深乳房和泳裝之間的陰影

before　after

▲對左乳（即畫面右側）上方根部的陰影進行修飾以突顯立體感

before　after

▲將乳溝間的線條加粗，並加深落影的顏色

身體 合併·加筆

乳房以外的上色法

眼睛的上色法

① 將眼睛內側先塗上淡灰色（眼白的顏色）的底色

② 畫上瞳孔、睫毛的落影、眼瞳外圈、以及反射光形成的打亮。將瞳孔中央以及輪廓光以[模糊]工具抹開

③ 在瞳孔和眼瞳外圈畫上鮮明的打亮。瞳孔的打亮畫成心形，以增強眼神的力道

④ 添加睫毛的細部，對眼瞳外圈的打亮添加一些黑色外圍，將眼睛整體加筆修飾後即完成

頭髮的上色法

① 使用[噴槍]繪製柔和的陰影，表現出立體感

② 對頭髮的內裏等部位，以濃陰影色繪製落影

③ 繪製頭髮光澤的打亮。建立「覆蓋」圖層（不透明度約60%），使用[噴槍]在頭髮上部輕輕噴上白色。這步驟能將頭頂部分增亮，表現出頭部的圓潤感

④ 由於髮色稍嫌樸素，因此將內裏染成粉紅色（和眼瞳相同的顏色），將角色修正為較具時髦感

09 描繪心形圖案的背景

最後，添加背景。由於角色以及乳房才是主角，因此不過度刻畫背景，僅以簡單的圖案填滿背景空白。在角色的上色圖層下方建立背景圖層組。建立「正常」圖層（背景 圓），畫上水藍色的圓形。在背景 圓的上方建立「正常」圖層（背景 心形）並套用剪裁，接著將心形圖案排列至圓上即完成。

背景 圓

背景 心形

插圖家　Q&A　>>>　九円

Q . 您喜歡什麼樣的乳房？

我喜歡能感受得到柔軟，富有光澤的溫潤乳房。

Q . 您在畫乳房時有什麼堅持嗎？

為了表現出乳房的柔嫩，我會特別留意線條和上色，使其帶有輕重對比。此外，我還注重乳房的形狀美觀，即使花再多時間，也會調整到自己滿意為止。

Q . 要想把乳房畫得更好，您覺得應該注意些什麼？

若要問我個人對乳房的堅持重點，應該還是乳房的形狀吧。我會仔細地勾勒出乳房和泳裝或衣物接觸時造成的，擠出或者外露等乳房的形變，藉此呈現出乳房柔軟而沉甸的分量。

圖層一覽圖

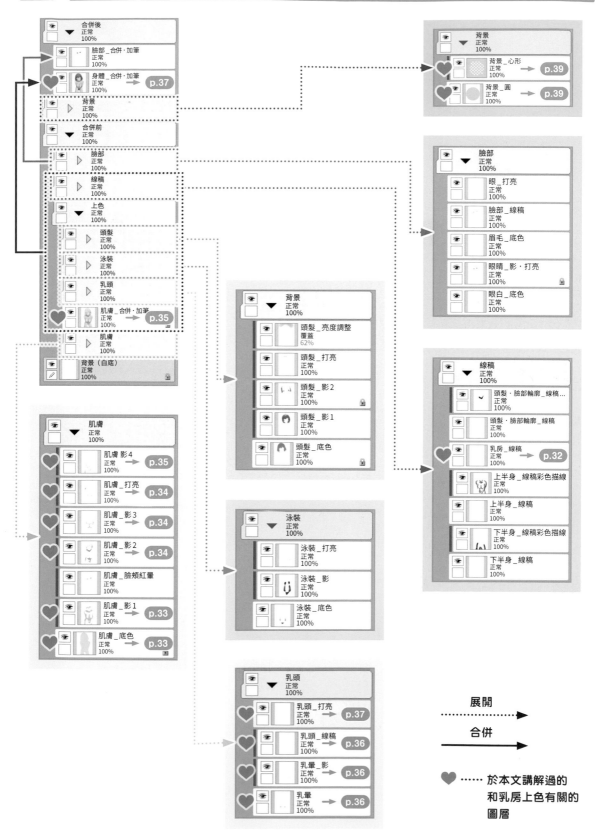

圖層名稱	混合模式	不透明度	頁碼
合併後	正常	100%	
臉部_合併‧加筆	正常	100%	
身體_合併‧加筆	正常	100%	p.37
背景	正常	100%	
合併前	正常	100%	
臉部	正常	100%	
線稿	正常	100%	
上色	正常	100%	
頭髮	正常	100%	
泳裝	正常	100%	
乳頭	正常	100%	
肌膚_合併‧加筆	正常	100%	p.35
肌膚	正常	100%	
背景（白底）	正常	100%	

背景
背景_心形　正常 100% → p.39
背景_圓　正常 100% → p.39

臉部
正常 100%
眼_打亮　正常 100%
臉部_線稿　正常 100%
眉毛_底色　正常 100%
眼睛_影‧打亮　正常 100%
眼白_底色　正常 100%

線稿
正常 100%
頭髮‧臉部輪廓_線稿...　正常 100%
頭髮‧臉部輪廓_線稿　正常 100%
乳房_線稿　正常 100% → p.32
上半身_線稿彩色描線　正常 100%
上半身_線稿　正常 100%
下半身_線稿彩色描線　正常 100%
下半身_線稿　正常 100%

肌膚
正常 100%
肌膚_影4　正常 100% → p.35
肌膚_打亮　正常 100% → p.34
肌膚_影3　正常 100% → p.34
肌膚_影2　正常 100% → p.34
肌膚_臉頰紅暈　正常 100%
肌膚_影1　正常 100% → p.33
肌膚_底色　正常 100% → p.33

背景
正常 100%
頭髮_亮度調整 覆蓋 62%
頭髮_打亮　正常 100%
頭髮_影2　正常 100%
頭髮_影1　正常 100%
頭髮_底色　正常 100%

泳裝
正常 100%
泳裝_打亮　正常 100%
泳裝_影　正常 100%
泳裝_底色　正常 100%

乳頭
正常 100%
乳頭_打亮　正常 100% → p.37
乳頭_線稿　正常 100% → p.36
乳暈_影　正常 100% → p.36
乳暈　正常 100% → p.36

展開 ·············▶
合併 ───────▶

♥ ······ 於本文講解過的
和乳房上色有關的
圖層

40

曬痕乳房
上色法

·····································

上色風格：筆刷塗法　♡　使用軟體：CLIP STUDIO PAINT PRO/EX

Illustration by ゴンデロガ

Profile	插圖家。於全年齡和成人領域皆有創作。主要業績有手機遊戲『感染 × 少女』插圖，『コミック マグナム Vol.156』（GOT Corporation）封面插圖等。
Twitter ID	https://twitter.com/a_g_deroga
Pixiv ID	https://www.pixiv.net/users/31546604

繪製過程

01 突顯乳房的低角度構圖

將主題設定為低角度構圖以及曬痕肌膚，並根據主題畫出3種草圖。在畫草圖時，使用比成品預計大小稍大的畫布，將超出畫面的人物身體也畫出來，這樣就能目視角色的整體姿勢，更容易拿捏構圖均衡，檢查人體是否不協調。
從下方以手托住乳房的 Ⓑ 案由於乳房看起來最有迫力，因此選擇以 Ⓑ 為決定稿。

02 以底稿進行配色模擬

以決定稿為基底畫出線稿。在這個步驟裡，我翻轉了角色的方向，並且為了將各部位分開著色，事先將線稿分層。這次獨立出來的圖層有：
雙馬尾（右馬尾）、雙馬尾（左馬尾）、頭髮、臉部、眼睛、乳房、右臂・左手、軀幹、左臂、兔女郎髮箍、兔尾。
線稿完成後，開始繪製底稿，建立完成圖的意象。曬痕要是打從一開始就畫進去，會使得視覺上難以掌握肌膚陰影，因此首先畫出沒有曬痕的底稿。此外，這底稿的底色在之後正式上色時還會用到，因此請將陰影和打亮畫在其他圖層上。

線稿

底稿（無曬痕）

在還沒有曬痕的底稿裡添加曬痕的顏色，並且為了便於想像情境，添加了簡易的背景。這裡以夏日海灘為意象，畫上漸層的藍色。
在這個階段要是能夠先畫上作為參考的光源方向，在繪製陰影和打亮時就能有所依據。然而，若是注重視覺效果，畫上失真的陰影和打亮有時更能帶來視覺張力，因此對於光源方向，不必過度嚴謹。

▼以箭號標示光源位置

底稿（曬痕）

03 上底色並修飾線條

將各個部位的線稿與底稿的底色組合起來。考慮到稍後還會塗上曬痕，因此線稿和肌膚採用的是較淡的顏色。在線稿和底色組合為一的圖層上，開始對線稿逐步修飾。

POINT 線條修飾法

先將粗略的線稿和底色組合，接著才對線稿的線條進行修飾，以這樣的手法畫出插圖的線條。這方法的優點是比起從頭畫出工整的線稿，更能夠節省作業時間，並且由於過程當中會將線條模糊化使其融入底色，因此也能同時進行彩色描線。

❶先畫出粗略的線稿 ➡ ❷在線條內側塗上底色 ➡ ❸對線條外緣使用[硬破鉛筆]描線，內緣則使用[平滑水彩]描線，使線條能夠融入底

線稿
#B58474

肌膚
#FFD0B3

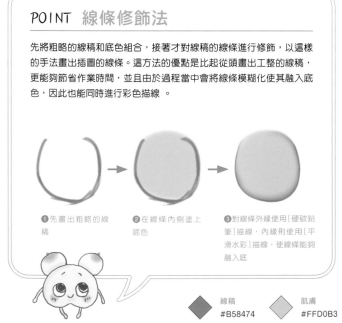

底色

04 塗上曬痕色

對肌膚塗上曬痕的顏色。在肌膚位於各部位（**臉部、乳房、右臂・左手、軀幹**）的底色圖層上方，建立混合模式為「色彩增值」的圖層（**曬痕色**）並套用剪裁，使用[硬碳鉛筆]塗上曬痕的膚色。
要是把整個肌膚都塗成曬黑的顏色，看起來就只是普通的褐色肌膚，因此請保留未曬黑的部分，讓曬黑的肌膚與普通肌膚形成對比。
使用設定為透明色的[硬碳鉛筆]※來刮出未曬黑的部分，曬黑肌膚與未曬黑肌膚的邊界，則使用設定為透明色的[平滑水彩]進行模糊處理，使兩邊自然融入。

曬痕
#FFC0A4

曬痕色

05 透過柔和的陰影塑造整體立體感

在肌膚位於各部位資料夾裡的**曬痕色**圖層上方，建立「色彩增值」圖層（**影1**）並套用剪裁。使用[噴槍（柔軟）]對整體塗上柔和的陰影，大略營造出整體的立體感。

影1
#E3AA9F

影1

※[硬碳鉛筆]……這是CLIP STUDIO PAINT在Ver.1.10.9之前版本內建的輔助工具，但Ver.1.10.10及之後的版本並未包含。若您在[鉛筆]工具中找不到，可以透過CLIP STUDIO ASSETS下載「沾水筆・筆刷_Ver.1.10.9（內容ID:1842019）」（中文版ID:1842037）來取得。

06 透過層層的陰影表現出乳房的沉甸感

在「乳房」資料夾內的影1圖層上方，建立「色彩增值」圖層（影2）並套用剪裁。以[噴槍（柔軟）]進一步描繪陰影。描繪時謹記光源來自畫面右上方，並將陰影的部分塗暗。在以陰影呈現乳房球型的立體感的同時，為了表現出表面的掐陷感，同樣將手指和手掌的外緣塗暗。

影2
#D5B8C5

▼加筆部分標記為黃色

影2

影3

在影2的上方建立「色彩增值」圖層（影3）並套用剪裁。再次使用[噴槍（柔軟）]繼續追加陰影。
若將影2視為表現立體感的陰影，那麼影3則是用來呈現陰影當中更暗的部分。以乳房的下方，即所謂下乳的部分為中心，將該區域塗暗。

▼加筆部分標記為黃色

影3
#C59FA9

在影3的上方建立「色彩增值」圖層（紅暈）並套用剪裁，開始繪製乳暈和乳頭的紅暈色澤。首先使用[硬碳鉛筆]將乳暈和乳頭上色。接下來，乳頭部分維持原樣，乳暈的輪廓部分以設為透明色的[噴槍（柔軟）]輕抹，製造漸層效果。這樣的乳頭和乳暈若不修飾，顏色將會過深，因此再同時畫進柔和的打亮。
鎖定紅暈圖層的透明像素，使用[噴槍（柔軟）]一邊留意光源，以及乳暈・乳頭的立體感，一邊塗上打亮。

乳頭 底色
#FF9082

乳頭 打亮
#FFAE96

紅暈

在影3的上方建立「色彩增值」圖層（影4）並套用剪裁。使用
[平滑水彩]補上更濃的陰影。為了表現出乳房沉甸甸的感覺，
將下乳的根部一帶加暗。
並且沿著手指的外圍，將掐陷進乳房的部分進一步加暗。

影 4
#D59EAD

▼加筆部分標記為黃色

影 4

軀幹 乳房落影

這裡的上色請在「軀幹」資料夾內進行，而不是「乳房」資料
夾。在軀幹的著色圖層上方，建立「色彩增值」圖層（**軀幹 乳
房落影**）並套用剪裁。在乳房與軀幹的交界處補上深色陰影，
藉此突顯乳房的重量感。

▼加筆部分標記為黃色

乳房 落影
#D59EAD

POINT　能夠表現出乳房柔軟度的陰影上色法

本頁講解的陰影上色手法，簡單來說就是「將陰暗物體逐步增亮」。這方法能使人直觀地描繪出明暗，以[噴槍（柔軟）]輕鬆地將
陰影邊界漸層化。這樣的手法特別推薦用於描繪乳房等質地柔軟物體的陰影。

❶ 上底色

❷ 疊上「色彩增值」圖層並套用剪
裁，塗滿陰影色

❸ 使用設為透明色的[噴槍（柔
軟）]削出亮部

07 利用打亮使乳房帶有光澤

在**影4**上方建立「相加（發光）」圖層（**打亮1**）並套用剪裁。在乳房畫面右上側邊緣，即承受較多光源照射的部分，以[硬碳鉛筆]畫上明顯的打亮。由於「相加（發光）」圖層的效果強烈，因此畫的時候要使用較暗的色彩以避免過度亮化。

此外，對手指外緣以筆尖較細的[噴槍（柔軟）]，將掐進乳房造成的乳肉隆起畫上柔和的打亮，以表現出質感。

打亮1
#6B5E49

▶加筆部分標記為黃色

打亮1

在**打亮1**的上方建立「相加（發光）」圖層（**打亮2**）並套用剪裁，畫上用來表現乳房光澤的打亮。

乳頭表面等微小的打亮使用[硬碳鉛筆]清晰描繪，乳房上部等大面積的打亮則是先用[硬碳鉛筆]上色後，再以設為透明色的[平滑水彩]或[噴槍（柔軟）]削減輪廓，營造漸層效果。

在胸部下側和腋下等直射光線無法到達的部分，也畫上淡淡的打亮。這些用來營造光澤感的打亮不必追求逼真，而是追求更直觀的視覺效果來進行上色。

打亮2

打亮2
#FFE4BB

◀加筆部分標記為黃色

在**打亮2**的上方建立「柔光」圖層（**打亮3**）並套用剪裁。使用[噴槍（柔軟）]以乳房的正面為中心進行亮化，進一步增強乳房的光澤感和立體感。

打亮3
#FFE4CA

▼加筆部分標記為黃色

打亮3

在打亮3的上方建立「濾色」圖層（肌質感）並套用剪裁。使用 [噴霧]（設定為硬度：5、筆刷濃度：100、粒子尺寸：3.0、粒子密度：3、散佈偏向：4），在乳房表面噴灑細小的白色飛沫，表現乳房的肌膚質感。

肌質感
#FFC37F

▼加筆部分標記為黃色

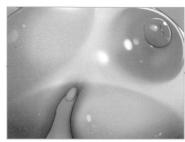

肌質感

在肌質感圖層上方建立不透明度設為60%的「覆蓋」圖層（亮度調整）並套用剪裁。為了讓乳房的立體感更加突顯，使用 [噴槍（柔軟）] 將明亮部分進一步亮化。
對乳房以外的身體部位進行相同處理，但要是一律均勻亮化，將會失去層次感。請讓畫中主角也就是乳房部位保持最亮，大腿或腹部等其他部位則稍微亮化即可。

亮度調整

亮度調整
#FFE5C1

◀加筆部分標記為黃色

POINT
掐陷部分的陰影和打亮

右圖為手指掐進乳房的示意圖。
當手指掐進乳房時，由於力道反彈，掐陷部位的周圍會隆起。這就像是把東西扔進裝滿水的洗臉盆，使得盆水溢出，類似這樣的情景。
將手指掐進、陷進的部分塗暗，並將周遭隆起部分的頂點塗亮，這樣手指四周就會帶有立體感，從而表現出乳房的柔軟質感。

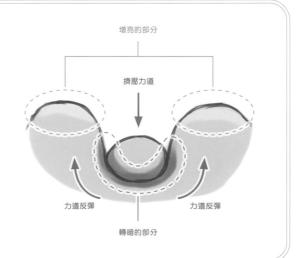

增亮的部分

擠壓力道

力道反彈　　　　力道反彈

轉暗的部分

眼睛的上色法

① 對整個眼白塗上略偏紫色的灰色。接著，同樣塗上略偏紫色的落影，以避免顏色過亮而顯得突兀。將瞳孔塗上作為基底的紫色，並塗上瞳孔陰影。將眼白以及眼瞳的陰影邊界稍微模糊化

② 從下方以「覆蓋」圖層模式描繪輪廓光。以暗紫色的「色彩增值」畫上陰影，使眼睛上半部變暗。以橢圓形繪製出瞳孔

③ 根據場景，添加光源物體的色澤。這幅插圖由於是戶外場景，因此以藍色對眼瞳添加夏日藍天的反射，不透明度設為80%。之後，同樣以亮紫色描繪出反射

④ 以白色、紫色、淺藍色為眼瞳添加打亮。淺藍色打亮以放射狀散佈，紫色打亮的不透明度設為50%，評估整體均衡並慢慢添加。以白色在右端畫上大顆打亮，其他地方視需要零星添加

⑤ 繪製眼瞳的外緣。將邊緣適度模糊化，可為眼睛帶來水汪汪的印象，因此以硬碳鉛筆輕輕描繪，勿使線條過於鮮明

⑥ 將睫毛顏色增亮，並畫出毛束。將部分睫毛以毛束的形狀挖空，以表現睫毛翹起的樣子

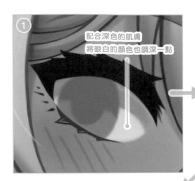

配合深色的肌膚將眼白的顏色也調深一點

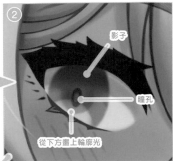

影子
瞳孔
從下方畫上輪廓光

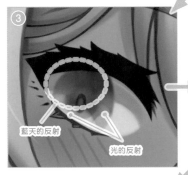

藍天的反射
光的反射

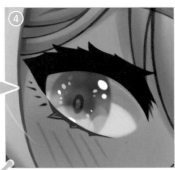

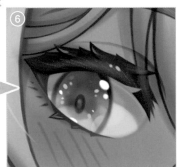

頭髮的上色法

① 塗上整體基調色
② 依髮色深淺劃分圖層並塗上陰影。後頭部等髮色還會更深的部分，以增加圖層的方式進一步加深陰影
③ 對頭髮輕盈的部分上色。對每一束髮絲添加打亮以增添光澤感

08 加強明暗對比

乳房以外的著色告一段落後,進行整體的收尾工作。
將所有著色圖層彙整到同一個資料夾裡,接下來建立對該資料夾進行剪裁的「色彩增值」圖層(**角色 整體陰影**)。使用[噴槍(柔軟)]加深並加強光源反方向部位的陰影,例如雙馬尾的內層、後頭部至下巴、乳房下方及托乳的手部、腋下四周、胯部和臀部……等。
由於這是增強對比度的作業,因此該做的不是畫進新的陰影,而是想著讓畫好的陰影變得更暗,謹記這個原則並大略上色。

 角色 整體陰影
#DC71DD

▶加筆部分標記為黃色

角色 整體陰影

在**角色 整體陰影**圖層上方建立「柔光」圖層(**角色 整體打亮**)並套用剪裁。由於先前已加深了陰影,接下來將明亮部分進一步增亮,例如靠近太陽的畫面上方使用亮棕色,接近海洋的畫面下方則用帶有藍色的灰色,依此原則更換描繪色。

 角色 整體打亮(上側)
#FFD8B6

 角色 整體打亮(下側)
#6084AE

▼加筆部分標記為黃色

角色 整體打亮

09 進行亮度調整以進一步強調乳房

在**角色 整體打亮**的圖層上方建立「濾色」圖層（**角色 整體反射光**）並套用剪裁。使用[平滑水彩]來增亮地面或海面的反照（反射光）部分。考慮到反射光來自海面，因此使用稍帶藍色的色調。
藉由對輪廓進行描邊式的上色，就能讓成為陰影的部分更容易辨別，呈現出具有弧度感的立體感。

 角色 整體反射光
#6291EC

▼加筆部分標記為黃色

角色 整體反射光

在**角色 整體反射光**圖層上方建立不透明度設為15%的「覆蓋」圖層（**角色 整體亮度調整**）並套用剪裁。由於插圖整體在繪製細部的過程當中漸漸變得暗沉，因此使用[噴槍（柔軟）]來亮化大面積部位的內裏部分，如臉部、胸部、腹部、大腿等。

 角色 整體色調整
#FFE5C6

▼加筆部分標記為黃色

角色 整體亮度調整

10 以汗水進一步強調乳房的光澤

透過汗水進一步強調乳房的光澤和立體感。畫進的汗水分為「溼汗」和「水滴汗」兩種，前者指的是汗水薄薄地散佈、貼附於肌膚的狀態；後者則是由於液體表面張力，以水滴狀沾附於肌膚上的汗水。

在角色的著色圖層上方建立「汗水」資料夾。首先從溼汗開始描繪。建立「色彩增值」圖層（**溼汗 影**），使用 [平滑水彩]畫出汗水的陰影，接著建立「柔光」圖層（**溼汗 打亮1**），以[平滑水彩]畫出淺淺的打亮；再建立「濾色」圖層（**溼汗 打亮2**），以[硬碳鉛筆]來描繪出光澤。

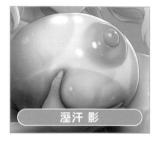  

溼汗 影

溼汗 打亮 1

溼汗 打亮 2

 溼汗 影
#F9D2CF

 溼汗 打亮 1
#FFE5C6

 溼汗 打亮 2
#FFE4C5

接著在上面疊加「色彩增值」圖層（**水滴汗 影**），用[硬碳鉛筆]繪製水滴汗的陰影。
再疊加一個「濾色」圖層（**水滴汗 打亮**），用[硬碳鉛筆]補上水滴汗的光澤。
建立「相加（發光）」圖層（**汗水 光暈**），用[噴霧]或[硬碳鉛筆]描繪汗水飛濺和鏡頭光暈（以鏡頭觀測極其明亮的光線時所見到的，星型或十字型閃光的現象）。將乳房和臉部周圍畫得格外閃亮，這樣就能突顯這兩個部位。

水滴汗 影

水滴汗 打亮

汗水 光暈

 水滴汗 影
#D0B1C9

水滴汗 打亮
#F3ECFF

汗水 光暈
#FFFDED

插圖家　Q&A　>>>　ゴンデロガ

Q . 您喜歡什麼樣的乳房？

只要形狀鮮明、帶有圓潤感的乳房，不分大小都喜歡。

Q . 您在畫乳房時有什麼堅持嗎？

為了使人感受到乳房的分量，我畫圖時著重在表現出乳房受重力吸引而形成的沉重輪廓，以及衣物等物體沉陷進乳房的樣貌，並且為了強調立體感，乳房的明暗對比也會畫得比其他部分更加強烈。此外，我還會注意元素的配置，以確保觀看者的視線能從角色的臉部自然地轉向乳房。

Q . 要想把乳房畫得更好，您覺得應該注意些什麼？

我會特別留意，不讓乳房與周遭的物體或背景融合，埋沒在其他元素裡。若周遭有太多顏色與乳房相近的元素，我會刻意改變陰影的色調或調整亮度，將乳房突顯出來。但要是突顯過度也會導致突兀，因此我還會在最後調整畫面的鋭度和亮度以取得平衡。另外，我屬於我使用各種顏色上色的人，平時會提醒自己，用色別過於濃重。

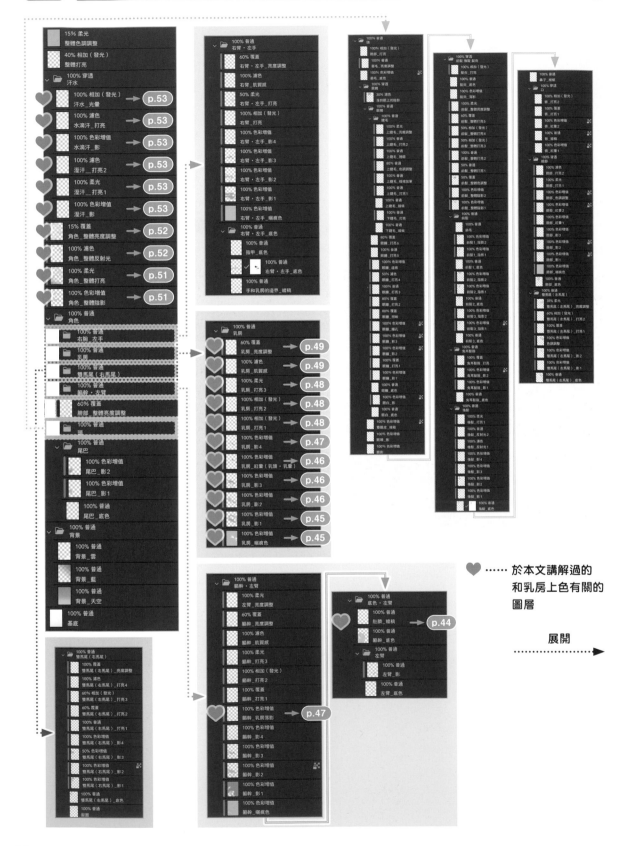

於本文講解過的
和乳房上色有關的
圖層

展開

乳頭內陷乳房
上色法

• •

上色風格：動畫風塗法　♡　使用軟體：CLIP STUDIO PAINT PRO/EX

Illustration by くまのとおる

Profile　漫畫家，主要活躍於成人雜誌。代表作包括《ばけもの町のヒトビト》（双葉社・全４集）、《ちょっと...してみない？》和《とろけてまざって》（均為辰巳出版）等。

Twitter ID　https://twitter.com/kumadano

Pixiv ID　https://www.pixiv.net/users/86161

繪製過程

01 設計和乳房適配的角色

主題為「承受重力而塌扁的乳房與內陷乳頭」。由於我不太擅長畫巨乳,因此試著設計了2個乳房尺碼較為小巧的角色。其中Ⓐ是曬痕鮮明、男孩氣質的女孩,另一個Ⓑ則是膚色白皙的辣妹風格的女孩。

2個女孩都呈半脫衣狀態。若強調重點為乳房,照理應該採用上半身構圖,但這樣會使背景資訊減少,難以表現角色仰躺的樣子。但要是畫出半脫的衣服,就能利用布料的形狀表現出角色的姿勢。
在對草圖成品進行比較後,最後決定選擇表情最為生動的 B-2 為決定稿。

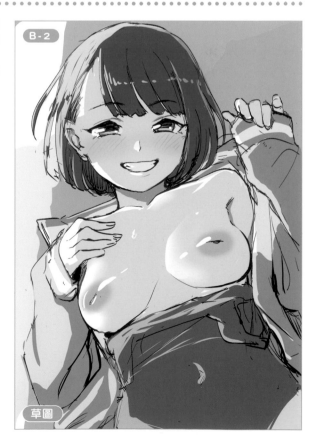

02 描繪線稿

以決定稿的草圖為基底,使用「普通」圖層和[G筆]來繪製線稿。線稿分為**外線**(輪廓線)、**內線**(輪廓內部的線)、**臉部**以及**背景**等部分,分成各自獨立的圖層,並收納進線稿資料夾中。
外線應該繪製成沒有任何間隙,以便使用[填充]或[自動選擇]工具。內線是上色時作為輔助的線條,並且後續會隨著上色做修正,並移動到各部分的着色圖層上。因此,這個圖層最終會設定為隱藏。

▶紅線為內線的線稿。藍線為臉部的線稿。綠色部分是背景的線稿

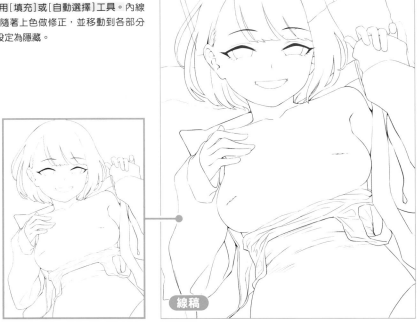

線稿

03 塗上底色

在線稿資料夾裡,為每個部位建立着色用的資料夾。首先大致劃分為**角色**和**背景**,然後在**角色**資料夾中建立**運動服**、**泳裝**、**臉部**、**頭髮**、**肌膚**等資料夾。在每個資料夾中建立「普通」圖層(底色),並使用[填充(參照其他圖層)]工具塗上單色。此時要是內線圖層依然設定為顯示,額外的線條區域有可能影響上色,因此將其設定為隱藏。
如果填色時顏色未能與線條完全接合,或是超出線條,請調整工具屬性中的[縮放區域]值。對於眼白之類線條未封閉的區域,可用[G筆]進行單色塗抹。
在繪製肌膚的底色時,通常會使用明度高的淡橘色,但這幅插圖設定為受強光照射的場景,因此這裡使用了明度更高的白色來上底色。

◆	頭髮 #5771B8	◆	眉毛・睫毛 #1E275D
◇	眼睛 #9ECEDC	◇	肌膚 #FFFFFF
◇	口・眼白 #FFFFFF	◆	泳裝 #626794
◇	運動服 #A2DBFF		

底色

04 繪製整體陰影的參考

在所有圖層的最上方建立「線性加深」圖層（**整體陰影**），在這圖層裡為整幅插圖簡單地畫上明暗，做為後續正式著色時的參考（為了分配插畫的整體明暗，也將背景圖層設定為顯示）。

這幅插畫設定的是微暗的照明，陰影的部分較多，因此採用先將整體塗暗，再削出亮部的手法來描繪明暗。首先用灰色塗滿整體，將不透明度調整至50%，接著使用透明色的[G筆]刮出明亮部分。

這個圖層僅用來當作上色時的參考，最終會設為隱藏。

▶這幅插圖由於陰影面積較大，先將插圖整體塗暗，再刮出打亮部分

整體陰影

05 根據陰影參考為乳房上色

以所謂的動畫風塗法進行上色。1枚圖層只使用1種顏色，這樣之後若需要對顏色做調整，就能以圖層為單位輕鬆變更。

在底稿的上方建立「普通」圖層（影1）並套用剪裁。使用[G筆]將打亮以外的部分以外都塗上淡橘色。在需要營造漸層效果的部分，請使用[噴槍（柔和）]工具進行。對於帶有平緩曲線的乳房隆起處，請畫上鮮明的漸層，如此就能表現出乳房的柔軟和圓潤質感。

影1
#F9D8C9

影1

06 留意重力並畫出乳房的立體感

在**影1**的圖層上，建立「普通」圖層（**影2**）並套用剪裁。使用[噴槍（柔和）]，以略微偏紅的淡橘色，對乳房下方等暗處畫出較深的陰影。

肌膚 影 2
#DEA2B3

影 2

POINT　掌握乳房受重力而塌扁的形狀

在這張插圖裡，由於女孩呈仰躺姿勢，使乳房受重力而有輕微形變。在繪製這種因重力而變形的乳房時，有2點需要特別注意。

第1點，乳房跟鎖骨以及腋下一帶是相連的（右上圖）。要是只把心思放在乳房的圓潤隆起，卻忘了描繪出和鎖骨、腋下相連部位的平緩隆起，畫出的乳房將會顯得不自然。

第2點，在重力影響下，乳房會承受橫向拉伸的力量（右下圖）。將乳房稍微側向壓扁，就能呈現出更自然的形狀。

然而，若只是一味地遵循理論，有時也會碰上畫不好的時候。在這種情況下（雖然也算是老生常談）建議還是參考實物的照片或影片等資料來進行繪製。

使乳房就彷彿是微微向外（以及向下）溢出般

07 繪製內陷乳頭

在**肌膚**的著色用資料夾裡,「**影2**」圖層上方,建立用來繪製乳暈和乳頭,並已設定剪裁的資料夾。將這個資料夾的混合模式設定為「色彩增值」。在資料夾內建立「普通」圖層(**乳暈 底色**),使用[噴槍(柔軟)]以淡粉紅色為乳暈部分上色。要是得不到滿意的漂亮粉紅色,可以使用[色調補償]圖層等進行調整,直到成為您喜歡的顏色。

乳暈 底色
#FFD3D0

乳暈 底色

在**影2**的上方建立「普通」圖層(**乳暈 影**)並套用剪裁。這裡先將**內線**的圖層隱藏,並使用[噴槍(柔軟)]繪製乳暈凸起處的陰影,接著以[G筆]繪製乳頭內陷形成的陰影。由於線稿時畫進的內陷乳頭位置有些突兀,因此順便進行了微調。

乳暈 影

▼在這個階段對乳暈的位置進行微調

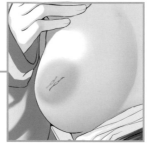

乳暈 影
#DEA2B3

在**乳暈 底色**的上方建立「普通」圖層(**乳暈 打亮1**)並套用剪裁。使用[噴槍(柔軟)]來增亮乳暈的頂端部分。在p.62的POINT 內陷乳頭的畫法有關於畫法的詳細說明,但內陷乳頭由於乳頭埋沒在乳暈裡,會使得乳暈凸起,而這裡的打亮就是用來表現那種凸起。

乳暈 打亮 1
#FFFFFF

乳暈 打亮 1

在**乳頭**資料夾的上方建立「普通」圖層（**乳暈 打亮2**）並套用剪裁。使用[噴槍（柔軟）]在乳暈和乳頭上繪製清晰的打亮。

乳暈 打亮2
#FFFFFF

乳暈 打亮2

肌膚 內線

繪製完指甲後，建立「普通」圖層（**肌膚 內線**）並套用剪裁。將**線稿 內線**的內容複製貼上，並根據上色對內線的線稿進行修正。重新繪製調整過位置的乳頭線條，並加進下乳和身體接觸部位的線條。

▼紅線為修正過的內線

POINT 內陷乳頭的畫法

插圖裡的女孩，乳頭藏在乳暈裡，屬於所謂的內陷乳頭。內陷乳頭的構造請見右圖。

這裡需要注意的是，乳頭不僅僅是收進乳暈裡，更該意識到既然乳頭陷入，該部分四周的乳暈也會受其擠壓而凸起。

就如p.61說明過的，藉由在乳頭周圍繪製打亮形成明暗對比，就能表現出乳暈頂端的凸起。

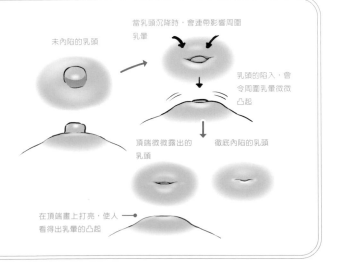

未內陷的乳頭

當乳頭沉降時，會連帶影響周圍乳暈

乳頭的陷入，會令周圍乳暈微微凸起

頂端微微露出的乳頭

徹底內陷的乳頭

在頂端畫上打亮，使人看得出乳暈的凸起

乳房以外的上色法

眼睛的上色法

① 在眼白處添加陰影，並用水藍色畫進大小不同的打亮
② 使用深藍色繪製睫毛的落影和瞳孔
③ 在瞳孔下部的大片打亮裡添加代表虹膜紋的清晰打亮
④ 以白色在小打亮裡繪製最鮮明的打亮

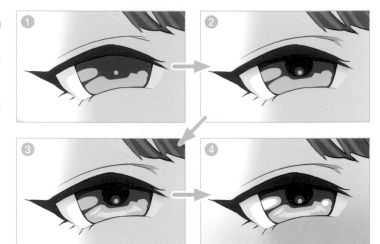

頭髮的上色法

① 大略描繪出陰影
② 將靠近光源的畫面右側頭髮增亮，添加頭髮的光澤
③ 將頭髮的內裏添加深色陰影，以塑造立體感

泳裝的上色法

① 根據腹部的凹凸以及皺褶，以明亮的水藍色繪製打亮
② 用藏青色塗上陰影。在泳衣的裡布上，以灰色繪製陰影
③ 用更深的藏青色補上皺褶和運動服的落影
④ 貼上紋理，營造出泳衣的質感

08 改善肌膚血色

在**肌膚 內線**上方建立套用剪裁的「色彩增值」圖層（**紅潤**）。使用[噴槍（柔軟）]輕輕在臉頰或者肩膀之類關節處添加淡淡的紅色，改善肌膚的血色，並透過像這樣補上紅潤色，營造出迷人的氛圍。

紅潤
#F9D8C9

▼加筆部分標記為黃色

紅潤

09 調整色調

在**角色**資料夾的上方建立[加深顏色]圖層（**角色色調調整**）並套用剪裁，配合背景調整角色的亮度和色調。使用[填充]工具將整體塗成淡紫色，不透明度調整為40%。

角色色調調整
#F3ECFF

角色色調調整

10 添加呼氣並繪製照明效果

在**角色色調整**的上方建立「普通」圖層（**呼氣**）。使用[噴槍（柔軟）]來呈現呼氣形成的白色霧濛。
透過添加呼氣，讓女孩的表情更加散發性感氛圍。

◇ 呼氣
#FFFFFF

在呼氣圖層上方建立「加亮顏色（發光）」圖層（**照明效果1**）。使用[噴槍（柔軟）]在畫面左側塗上淡藍色使其增亮。接著再建立另外2個「加亮顏色（發光）」圖層（**照明效果2、3**），以照明效果1的亮部為中心，使用[飛沫]筆刷散佈藍色飛沫。藉由表現空氣中飄浮的塵埃，演繹出更衣室的氛圍。

◇ 照明效果
#DCEDFE

▶照明效果1～3裡的加筆部分標記為黃色

照明效果1～3

插畫家　Q&A ＞＞＞　くまのとおる

Q. 您喜歡什麼樣的乳房？

我對乳房大小和形狀的偏好，會隨當下心情而有所改變，但最近比較偏好小巧挺拔的乳房。此外無關乳房大小，我還喜歡那種略帶膨脹的乳暈，也就是所謂的膨脹型乳頭（puffy nipples）。

Q. 要想把乳房畫得更好，您覺得應該注意些什麼？

我認為，留意乳頭（乳房的尖端）的位置，有助於描繪出更自然的乳房形狀。

Q. 您在畫乳房時有什麼堅持嗎？

也說不上是堅持，但是相較於乳房，我畫圖時更容易糾結於角色的乳暈和乳頭的形狀。
而就如剛才提到的，我因為喜歡膨脹型乳頭，老是愛把乳暈畫成膨脹的形狀。若真要問個人堅持，我想這應該就是了吧。

✏️ 圖層一覽圖

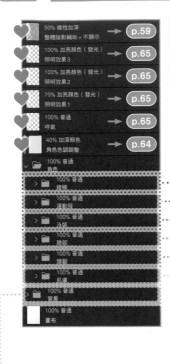

50% 線性加深
整體陰影輔助 ※不顯示 → **p.59**

100% 加亮顏色（發光）
照明效果3 → **p.65**

100% 加亮顏色（發光）
照明效果2 → **p.65**

70% 加亮顏色（發光）
照明效果1 → **p.65**

100% 普通
呼氣 → **p.65**

40% 加深顏色
角色色調調整 → **p.64**

100% 普通
角色

100% 普通
手腳

100% 普通
運動服

100% 普通
泳裝

100% 普通
臉部

100% 普通
頭髮

100% 普通
肌膚

100% 普通
線稿

100% 普通
畫布

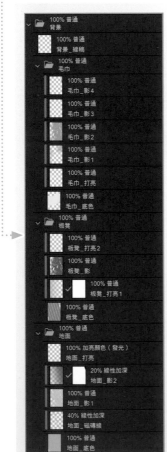

100% 普通
背景

100% 普通
背景_線稿

100% 普通
毛巾

100% 普通
毛巾_影4

100% 普通
毛巾_影3

100% 普通
毛巾_影2

100% 普通
毛巾_影1

100% 普通
毛巾_打亮

100% 普通
毛巾_底色

100% 普通
板凳

100% 普通
板凳_打亮2

100% 普通
板凳_影

100% 普通
板凳_打亮1

100% 普通
板凳_底色

100% 普通
地面

100% 加亮顏色（發光）
地面_打亮

20% 線性加深
地面_影2

100% 普通
地面_影1

40% 線性加深
地面_磁磚線

100% 普通
地面_底色

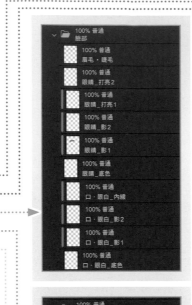

100% 普通
臉部

100% 普通
眉毛・睫毛

100% 普通
眼睛_打亮2

100% 普通
眼睛_打亮1

100% 普通
眼睛_影2

100% 普通
眼睛_影1

100% 普通
眼睛_底色

100% 普通
口・眼白_內線

100% 普通
口・眼白_影2

100% 普通
口・眼白_影1

100% 普通
口・眼白_底色

100% 普通
頭髮

100% 普通
頭髮_內線

100% 普通
頭髮_影2

100% 加亮顏色
頭髮_打亮1

100% 普通
頭髮_影1

100% 普通
頭髮_底色

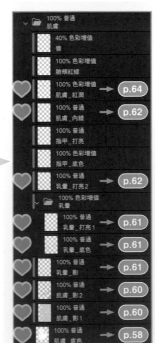

100% 普通
肌膚

40% 色彩增值
唇

100% 色彩增值
臉頰紅線

100% 色彩增值
肌膚_紅潤 → **p.64**

100% 普通
肌膚_內線 → **p.62**

100% 普通
指甲_打亮

100% 色彩增值
指甲_底色

100% 普通
乳暈_打亮2 → **p.62**

100% 色彩增值
乳暈

100% 普通
乳暈_打亮1 → **p.61**

100% 普通
乳暈_底色 → **p.61**

100% 普通
乳暈_影 → **p.61**

100% 普通
肌膚_影2 → **p.60**

100% 普通
肌膚_影1 → **p.60**

100% 普通
肌膚_底色 → **p.58**

♥ ······ 於本文講解過的
和乳房上色有關的
圖層

展開 ·······▶

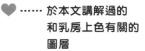

100% 普通
線稿

100% 普通
線稿_臉部

100% 普通
線稿_內線 ※不顯示 → **p.58**

100% 普通
線稿_外線 → **p.58**

100% 普通
運動服

100% 普通
運動服白

100% 普通
運動服白_影2

100% 普通
運動服白_影1

100% 普通
運動服白_底色

100% 普通
運動服藍_內線

100% 普通
運動服藍_影3

100% 普通
運動服藍_影2

100% 普通
運動服藍_影1

100% 普通
運動服藍_打亮

100% 普通
運動服藍_底色

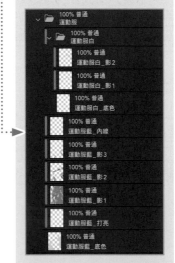

100% 普通
泳裝

100% 普通
泳裝_內線

100% 普通
泳裝裡布

100% 普通
泳裝裡布_影2

100% 普通
泳裝裡布_影1

100% 普通
泳裝裡布_底色

30% 色彩增值
泳裝_紋理

100% 普通
泳裝_影2

100% 普通
泳裝_影1

100% 普通
泳裝_打亮

100% 普通
泳裝_底色

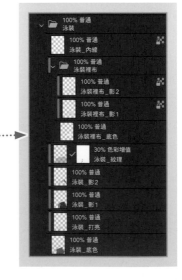

心形乳房
上色法

上色風格：厚塗法　♡　使用軟體：CLIP STUDIO PAINT PRO/EX

Illustration by ほみなみあ

(Profile) 插畫家、漫畫家，於商業和同人領域皆有美少女漫畫。插畫作品，擅長畫大姐姐型美少女。主要業績有《COMIC E×E 36号》（GOT Corporation）折頁海報、AVTuber「不知火つむぎ」（えもえちプロダクション）的角色設計等。

(Twitter ID) https://twitter.com/nam76num

(Pixiv ID) https://www.pixiv.net/users/5420126

繪製過程

01 構思能展現乳房心形魅力的姿勢

以手指將乳房捏成心形，創造出所謂的「乳房心形」。這是一種曾在2017年前後，流行於社群網路的性感姿勢。

一般乳房心形是以食指和拇指來遮住乳頭和乳暈部分，但為了配合本書主題，這裡選擇讓乳頭「一覽無遺」的姿勢。

Ⓐ是角色以正面角度擺出乳房心形，手臂夾扁了左側乳房。Ⓑ則是前傾姿勢，右側乳房搭到手臂上。

一邊是以夾胸來展示乳房的柔軟，一邊則是將乳房搭在手臂上來強調重量感──雖然兩邊難分軒輊，但最終選擇以更富有動感的Ⓑ作為決定稿。

一旦決定了好構圖和姿勢，接著開始繪製底稿，進一步豐富插圖的意象。在這個階段，又大膽地對姿勢做了調整。

人們在觀看人物時，往往會先看眼睛部位。這裡透過以頭髮遮住左眼，來減少眼睛帶給人的矚目程度，讓視線更容易被引導至乳房上。將吸睛的各部位，以右眼→乳頭→股間的Ｚ字形排列，這樣就能順暢地引導觀眾的視線。

▶虛線圈起來的是插圖裡吸睛的部位。觀看插圖的人，視線會循箭號方向移動

底稿

02 描繪線稿

建立「普通」圖層（**線稿**），以[G筆]繪製線稿。在這裡繪製的線稿，有部分線條到時會在上色過程中消失。

這是因為捨棄線條，改以上色來呈現邊界和立體感，更能夠創作出富有肉感的插圖。

在「草稿」圖層上簡略地繪製底稿（同時於此階段稍微調整姿勢），並以此為輔助，細分出**頭髮、後髮、臉部、眼睛、手、上半身、下半身**等各個圖層，分別繪製出線稿。

▶將插圖成品的上色圖層設為隱藏的狀態。部分線條已經消失

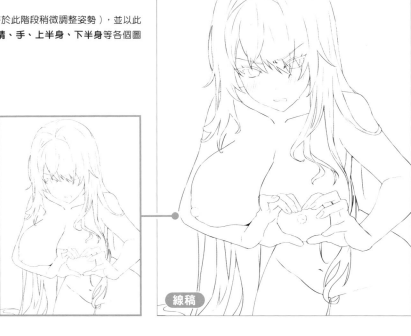

線稿

03 上底色

在**線稿**下方建立「普通」圖層（**底色**），使用[填充]工具來塗上底色。底色也同樣按照**頭髮、後髮、臉部、手、上半身、下半身**等部位分別進行。

頭髮
#F3825B

眼睛
#36A749

肌膚
#F8DBCD

底色

04 對全身繪製陰影和打亮

在**底色**上方建立「普通」圖層（**影1**）並套用剪裁。使用[塗抹 &融合]工具來添加明暗對比，從而繪製出物體的立體感。繪製時可以使勁地上色，**甚至想著「還不夠多」並用力去塗也無所謂。**

手部的部分由於線稿和底色是分別放在不同圖層，因此留待稍後塗抹。手比出乳房心形時，由於會對周圍形成壓陷並產生複雜陰影，同時進行作業有可能造成混亂。

影1
#D18D7A

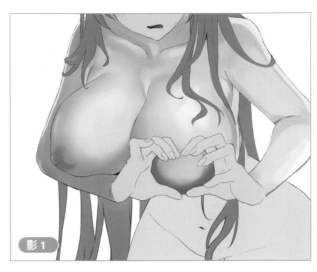

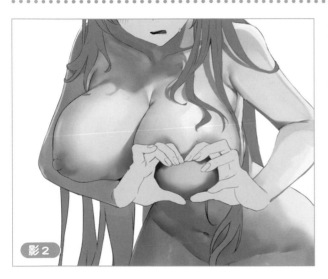

建立「色彩增值」圖層（**影2**）並套用剪裁。再次以[塗抹 &融合]工具，仔細地畫進深濃的陰影。這裡描繪的陰影是物體擋下光線所形成的，也就是所謂「落影」。畫進的陰影要比影1時來得更加銳利鮮明，**以增強視覺的對比度，實現介於動畫風塗法和厚塗之間的質感。**

影2
吸管

POINT 表現乳溝的陰影

藉由在乳溝處繪製深色落影，就能表現出乳溝的深度（與乳房的大小）。乳房是球形的，並往左右延伸，附著於胸部上。離遮光物體越近，影子也會更深、更暗。在乳房彼此貼近的部位塗上鮮明銳利的落影，在離得較遠的部位則繪製漸層，如此一來就能表現出乳溝間的距離。

▶乳房之間的空隙越大，陰影的銳度也會隨之轉弱

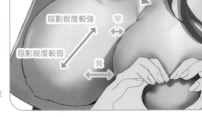

光源

陰影銳度較強　窄

陰影銳度較弱　寬

05 繪製乳頭和乳暈

在乳房的上色圖層上方建立「普通」圖層（**乳頭 底色**）。首先使用[G筆]對乳頭部分塗上底色。在**影2**的上方建立「普通」圖層（**乳暈**）並套用剪裁。使用[塗抹＆融合]工具塗抹乳暈。將乳暈的邊界部分進行較強的模糊處理。

乳頭 底色

乳暈（還沒添加明暗）

乳暈（添加明暗後）

在**乳暈**圖層中繼續進行上色。使用[塗抹＆融合]工具將面向光源部分的顏色亮化。這麼做是因為，乳暈其實是從乳房表面微微隆起的。想像著乳房頂端蓋上了一個半球，以這樣的意象來描繪出體感。

乳暈
#ED8484

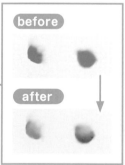

before

after

◀上圖為還沒添加明暗的乳暈，下圖則是添加明暗後的乳暈。透過描繪明暗對比，就能夠表現出乳暈的隆起。

在**影2**的上方（**乳暈**下方）建立「色彩增值」（**影3**）圖層並套用剪裁。以乳頭的底色為輔助，使用[塗抹＆融合]工具畫上乳頭的落影。此外，同樣畫進右乳房在右手臂上形成的落影，以強調畫面右上方光源的存在。

影3
吸管

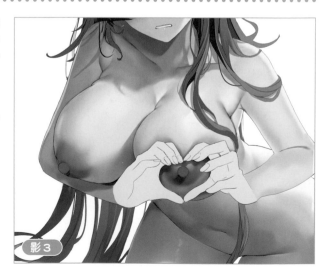

影3

在影3的上方（乳暈下方）建立[覆蓋]圖層（影4）並套用剪裁。使用[噴槍（柔軟）]在陰影部分添加紅色，以改善肌膚的血色。

影4
吸管

▼加筆部分標記為黃色

影4

在**乳頭** 底色上方建立「實光」圖層（乳頭 影·打亮）並套用剪裁。使用[G筆]繪製乳頭的明暗對比。畫進帶有水亮感的明顯打亮，使其看起來帶有溼潤感。

乳頭 影·打亮

▼乳頭的打亮構造

黃⋯⋯用來突顯頂端凹陷的打亮
藍⋯⋯清晰的打亮
綠⋯⋯輪廓光
粉紅⋯⋯反光

右乳頭　　　　　左乳頭

POINT　乳暈和乳頭整體的陰影、打亮、輪廓光（反射光）

儘管乳暈和乳頭在整體乳房中佔的比例甚小，但它們是最先映入眼中的重點部位。請以適度的陰影、打亮和反光，使其逼真地呈現出來吧。

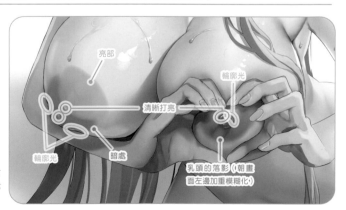

亮部

輪廓光

清晰打亮

輪廓光

暗處

乳頭的落影（朝畫
面左邊加重模糊化）

▶畫進乳頭和乳暈的陰影、打亮和輪廓光（※此解說圖包含p.75的繪圖）

06 透過打亮和汗水使乳房帶光澤

在**乳暈**上方建立「實光」圖層（**打亮1**）並套用剪裁。設定光源來自畫面的右上方，使用[G筆]繪製清晰的打亮。此外，要是使用[鉛筆]等粒子較粗的筆刷，畫出鮮明的部分與殘留筆觸的部分，就能獲得更逼真的打亮效果。

打亮 1
#FFFFFF

▼畫上乳房的打亮

打亮 1

在**打亮1**的上方建立「普通」圖層（**打亮2**）並套用剪裁。使用[塗抹＆融合]工具描繪反射光形成的打亮。特別是右側乳房的乳暈和乳頭部分橫跨到手臂外，會完整承受來自白色地板的反射光。

打亮 2
#FFFFFF

▼加筆部分標記為黃色

打亮 2

在**乳頭 陰影·打亮**的上方建立「色彩增值」圖層（**右乳頭 亮度調整**）並套用剪裁。使用[塗抹＆融合]工具將乳頭和乳暈部分塗成白色，將其增亮。將臉部、頭髮、手等部位著色完後，將作業圖層組合，並建立套用剪裁的「實光」圖層（**畫面右側 亮度調整**）。為了表現出橘色頭髮亮眼的反射光，將畫面右側的頭髮一帶塗成淡橘色，將其增亮。

▼將進行亮度調整的圖層的混合模式變更為「普通」，並顯示加筆部分的視圖

亮度調整

在**畫面右側 亮度調整**的上方建立「實光」圖層
（汗）。使用選取了濃紅灰色的[G筆]添加汗珠。
由於大乳房的肌膚面積較大，容易將資訊量稀釋。
汗珠不但能增添肌膚的細節量，還能透過水珠的滴
落來突顯乳房表面的曲線、立體感和重量感。

汗
#6B433E

汗

POINT
乳房流淌的汗珠的描繪法

乳房上滴落的汗珠可以透過底色、打亮、輪廓光、落影以及（落
影裡的）透光這五種上色來呈現。若是還不熟悉上色，也可以用
不同的圖層分別進行，等熟練之後，就能只用1枚「實光」來完
成繪製。

▶沿著乳房滑落的汗滴

▲水滴的簡略構造圖

光源
輪廓光
打亮
影
透光

POINT 乳房的形變與重力的影響

兼具重量和柔軟的乳房，總是因重力影響而承
受向下的力道。因此，當從側面對乳房施力
時，對上部和下部會產生不一樣的形變。
要是不把重力的影響考慮進去，僅只是畫出2
個均等的突起，會使乳房看起來不自然，這點
請特別留意。

紅……重力　　藍……擠壓力　　綠……反彈力

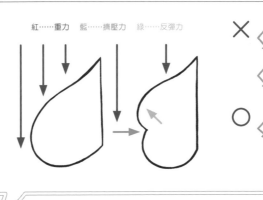

乳房以外的上色法

眼睛的上色法

① 使用髮色的對比色※──綠色為眼瞳塗上底色

② 畫進瞳孔，將瞳孔以上的部分塗暗，以呈現睫毛的落影。在眼瞳下方繪製明亮的打亮

③ 對睫毛加筆修飾，加入清晰的打亮。在打亮的邊緣畫進異色調的顏色，營造色散※的效果，就能強化眼睛帶給人的視覺印象。使用「相加（發光）」圖層添加光芒的飛濺

④ 被頭髮遮蓋的左眼，可以透過降低不透明度，或使用圖層蒙版創建模糊化的蒙版，使其呈半透明

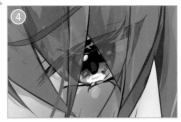

臉部的上色法

① 使用「色彩增值」圖層繪製來自頭髮的落影。以「普通」圖層在臉頰畫上斜線

② 疊加一枚「實光」圖層，沿著臉部的立體結構，以灰色塗出陰影

③ 使用「色彩增值」圖層描繪帶有紅暈的臉頰，並進一步在臉部陰影加入紅色，藉此改善肌膚血色

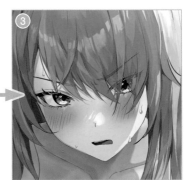

頭髮的上色法

① 使用[G筆]大略描繪出陰影

② 疊加一枚「實光」圖層，將靠近光源的畫面右側頭髮塗上暗橘色將其增亮

③ 使用「濾色」圖層繪製頭髮光澤，再以「覆蓋」圖層將髮尾增亮

④ 組合圖層，對整體進行細部修飾，直到頭髮看起來滿意為止

※ 對比色──在色相環上距離 120 到 150 度的位置所對應的顏色。例如橘色的對比色是綠色和紫色。由於色調迥異，兩種顏色併用時，能夠給人留下強烈的印象

※ 色散──透過鏡頭觀察物體時，由於各種顏色的光線折射率不同而產生的色差現象

胸貼差分圖繪製過程

07 繪製蕾絲心形胸貼

製作貼上心形胸貼後的差異版本。在完成的插圖上方建立「胸貼」資料夾，以此資料夾進行作業。建立「普通」圖層（**胸貼 底色**），在兩邊的乳暈上頭畫出心形的底色。

 胸貼 底色
#E3978D

▶一開始先以醒目的顏色進行上色，以便確認心形是否變形。等確認沒有問題，將底色變更膚色。

胸貼 底色

在**胸貼 底色**的上方建立「普通」圖層（**胸貼 邊飾1**）。使用從CLIP STUDIO ASSETS下載的[蕾絲]筆刷（內容ID:1855168），繪製圍繞心形的邊飾。由於感到顏色過淡，這裡我將圖層複製了一次並重複貼上（**胸貼 邊飾2**）。

胸貼 邊飾

回到**胸貼 底色**，使用[噴槍（柔軟）]把從蕾絲布料底下透出的，乳頭和乳暈的紅色補足。接著，在**胸貼**資料夾裡建立圖層蒙版。沿著擺出乳房心形的手的形狀，對圖層進行蒙版處理。這樣就能將胸貼漂亮地收進手中。

 胸貼 底色
吸管

▶將圖層蒙板可視化的示意圖

胸貼 底色

在**胸貼 底色**的上方（**胸貼 邊飾1**的下方）建立「普通」圖層（**胸貼 圖案**）並套用剪裁。以裝飾筆刷（內容ID:1743447）繪製花朵圖案。接下來，再建立「普通」圖層（**胸貼 蜂巢圖案**）並套用剪裁。使用圖層蒙版，在邊飾和圖案之間的空隙裡，以網格筆刷（內容ID:1717368）繪製蜂巢圖案。

◀胸貼的蕾絲圖案

胸貼 蜂巢圖案

複製胸貼 圖案和胸貼 蜂巢圖案圖層（胸貼 圖案影、胸貼 蜂巢圖案影）並套用剪裁於胸貼 底色的上方。將它們的顏色改成暗橘色，然後使用〔移動〕工具將其微移數個像素。這樣就能創造出蕾絲圖案和蜂巢圖案的陰影。在胸貼 底色圖層上方再建立套用剪裁的「普通」圖層（胸貼 影），使用〔G筆〕將邊飾的外緣補足。

▼僅顯示影圖層的狀態

胸貼 影

胸貼 打亮

在「胸貼」資料夾的上方建立「實光」圖層（胸貼 打亮）並套用剪裁。以深灰色畫上陰影，淺橘色畫進打亮後，胸貼就完成了。

胸貼 打亮
＃吸管

▼將混合模式設為「普通」並將加筆部分可視化的示意圖

插畫家　Q&A　>>>　ほみなみあ

Q . 您喜歡什麼樣的乳房？

只要是看起來柔軟且富有重力感的乳房，不分大小我都喜歡。每當能夠根據角色個性或發育畫出尺寸合適的乳房，我就會感到非常高興。

Q . 您在畫乳房時有什麼堅持嗎？

我特別偏好那種彷彿乳房會自體發光的光澤感。我認為，有時稍微放棄一些寫實，將乳房畫成溼漉漉的質地，或者像是光澤物體的表面，就能有效地營造出水亮的質感。

Q . 要想把乳房畫得更好，您覺得應該注意些什麼？

要讓乳房看起來更具吸引力，我認為同時也該留意乳房周圍的資訊，例如減少乳房以外部分的裸露，讓乳房接觸衣服或手等硬度不同的物體，以突顯其柔嫩......諸如此類。

圖層一覽圖

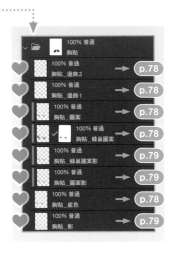

100% 實光　胸貼_打亮　→ p.79
100% 普通　胸貼

100% 普通　胸貼_邊飾2　→ p.78
100% 普通　胸貼_邊飾1　→ p.78
100% 普通　胸貼_圖案　→ p.78
100% 普通　胸貼_蜂巢圖案　→ p.78
100% 普通　胸貼_蜂巢圖案影　→ p.79
100% 普通　胸貼_圖案影　→ p.79
100% 普通　胸貼_底色　→ p.78
100% 普通　胸貼_影　→ p.79

100% 色彩增值　右乳頭_亮度調整　→ p.74
100% 實光　乳頭_影・打亮　→ p.73
100% 普通　乳頭_底色　→ p.72
100% 普通　上半身_打亮2　→ p.74
100% 實光　上半身_打亮1　→ p.74
100% 色彩增值　乳暈　→ p.72
100% 覆蓋　上半身_影4　→ p.73
100% 色彩增值　上半身_影3　→ p.72
100% 色彩增值　上半身_影2　→ p.71
100% 普通　上半身_影1　→ p.71
100% 普通　上半身_底色　→ p.70

100% 實光　汗　→ p.75
100% 實光　畫面右側_亮度調整　→ p.74

100% 普通　底稿　→ p.69

展開 ·············▶

組合 ━━━━━━▶

♥ ······ 於本文講解過的
和乳房上色有關的
圖層

插圖成品（胸貼差分圖）

淫潤乳房

上色法

上色風格：厚塗法　♡　使用軟體：PaintTool SAI

Illustration by カグユヅ

Profile　插圖家、漫畫家。主要活躍於成人類型領域，也繪製輕熟女愛情小說的封面插圖等。主要業績包括《溫泉むすめ》（エンバウンド）雲仙伊乃里的角色設計、遊戲《三極姫》系列（げーせん18）原畫、《お嬢様の半分は恋愛で出来ています！》（LuxuryTiar）原畫、《魔剣奏剣聖剣舞》（著：嬉野秋 、KADOKAWA／メディアファクトリー）的封面畫和插圖等。

Twitter ID　https://twitter.com/kaguyuzu　　WEB　https://kaguyuzu.com/
Pixiv ID　https://www.pixiv.net/users/5287

01 突顯溼潤乳房的姿勢

以溼潤乳房為主題，繪製了3種草圖，並且為了製作泳裝差分圖，每種草圖都有穿泳裝和沒穿泳裝的版本。

角色設計以「華麗貴氣的大姐姐」為概念，並將 型設計成波浪捲的長髮，**使頭髮也能夠表現出溼潤感。**

Ⓐ是採取斜角，藉由展示腋下和拉起泳裝繩帶的動作來強調乳房。

Ⓑ也是斜角視角，但透過擠抬乳房的姿勢來強調乳房。

Ⓒ則是略帶仰角的正面視角。和Ⓐ一樣都是展示腋下和拉起泳裝繩帶的姿勢。

由於這幅插圖將成為本書的封面，考慮到能夠呈現的乳房是越大越好，因此選擇了正面視角的Ⓒ作為決定稿。

02 在底稿中確認配色

在確定角色設計和構圖後，開始繪製底稿。擔綱本書封面的這張插圖由於設計理念是「隱藏臉部上半部分，以乳房為鏡頭重點」，因此又補畫了一小節腹部，以便將乳房置於畫面中央。

接著添加色彩，以鞏固完成插圖的意象。一開始本來將泳裝設計為深紅色，但為了表現乳頭從中透出的感覺，最終改成了白色。

無泳裝

泳裝（紅）

泳裝（白）

03 描繪線稿

以底稿為輔助，使用[鉛筆]繪製線稿。在這個階段，不需過度擔心最終插圖的完成效果，將每個細節都畫進線稿裡。如果在上色階段發現某些線條不需要了（例如以顏色濃淡就足以表現立體感的部分），那麼就將這些線條消除。以我的個人的情況，為了捕捉角色的整體印象，會在線稿階段先將眼睛塗上底色。線稿按照臉部、臉部輪廓、頭髮、身體、太陽眼鏡、飾品等部分劃分為獨立圖層。其中纏繞在右手上的頭髮由於在泳裝差分圖裡會被刪除（→ p.94），因此再另外分離為獨立的圖層。

POINT 透過選擇範圍來檢查整體均衡

線稿大致完成後，使用[魔棒]工具或[選區筆]選取角色的輪廓，然後觀察選擇範圍來確認整體構圖的平衡。

▶使用SAI的場合，選擇範圍會顯示為藍色

線稿

04 使用畫筆上底色

為每個部位建立混合模式為「正常」的**上色**圖層（由於採的是以單枚圖層進行多次塗抹的厚塗法，因此這個圖層不僅用來上底色，還會用於其他工作）。

上底色不使用 [油漆桶] 工具，而是用畫筆手動塗抹。在線條內側塗上顏色以切割每個部位的輪廓後，再塗抹其內部。先塗上醒目的原色系色彩以檢查各部位的形狀，然後才轉換為固有色（例如膚色的話是淡橘色）。

底色應該要比繪製底稿時使用的顏色更淡，這樣在上色階段更容易進行調整。

頭髮
#74737E

肌膚
#FFFBF2

眼睛
#A4CBA2

太陽眼鏡
#4A4158

上色（底色）

05 將底稿和塗上底色的圖層合併

將塗完底色的各部位**上色**圖層上方，疊加底稿圖層的副本並套用剪裁。接著，將**上色**圖層和底稿圖層合併，讓底稿的內容轉印到各部位**上色**圖層之上。

藉由這個步驟，底稿的內容被分割到各個部位，同時超出線稿外的部分也被消除了。接下來，以轉印過來的底稿內容為輔助，對各個部位進行覆蓋式的上色。

考慮到乳房是這張插圖的主角，希望上色能比其他部位更加細膩，因此僅對**肌膚上色**圖層先畫上簡單的陰影（→ p.86）才進行轉印。

上色（底稿合併）

06 繪製乳房

接下來的上色工作，將會在整合了乳房等所有肌膚部位的**肌膚圖層組**裡進行。在塗完底色的**上色**圖層裡，首先塗上用來分辨陰影和打亮位置的影色。為了讓觀眾感受得到乳房的張力和重量感，這裡將陰影畫得較為大片。

上色（明暗）
#F6DACE

上色（明暗）

上色（立體感）

接著，繼續在**上色**圖層裡進行上色。將底稿圖層的副本疊加在上方，稍微調低不透明度後合併圖層，將底稿的內容轉印上去。以底稿的內容為參考，使用[畫筆]繪製更深的陰影。繪製的時候請留意肌肉的隆起以及骨骼的存在，將身體的立體感突顯出來。
關於這裡使用的陰影色，選用低彩度的顏色能更強烈地突顯立體感。此外，選用藍或紫色系的顏色，能使稍後添加的肌膚紅潤色彩更加醒目。

上色（立體感）
#CA9BCD

在**上色**圖層上方建立「正常」圖層（**靜脈**）。大乳房由於乳腺（製造母乳的器官）發達，血流豐沛，使得上胸部更容易浮現清晰的皮下靜脈。
關於靜脈的描繪色，若膚色為橘色系，那麼水藍～藍色系會較為協調；若是粉色系的膚色，則青～紫色系的顏色會更加融入。
使用[畫筆]在乳房上部畫出像是貼著乳房表面的線條，接著降低圖層的不透明度，直到線條轉為依稀可見的程度（這幅插圖中設定為30%）。

靜脈
#6A86BE

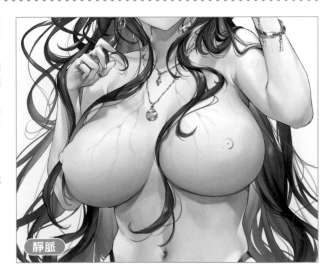

靜脈

在**靜脈**的上方建立圖層組（**乳暈・乳頭**）並套用剪裁。在圖層組內建立「正常」圖層（**乳暈・乳頭紅暈**）。使用[畫筆]在乳暈和乳頭部分添加紅暈，並製造出漸層，使紅暈朝光源方向（畫面上方）漸漸淡去。在形成陰影的部分，則是清晰地描繪出乳暈和肌膚的邊界，而在明亮的部分，則將紅暈模糊化，使其融入肌膚。

 乳暈・乳頭紅暈
#F0A79C

乳暈・乳頭紅暈

在紅暈的上方建立「正常」圖層（**乳暈・乳頭打亮1、2**）。使用[畫筆]畫出兩種打亮：淡粉色的弱打亮（**打亮1**）和使用白色的強烈打亮（**打亮2**）。由於乳暈和乳頭的形狀是透過打亮來決定的，在這裡不斷進行修改，直到滿意為止。

乳暈・乳頭打亮2

 乳暈・乳頭打亮1
#FFEAE6

 乳暈・乳頭打亮2
#FFFFFF

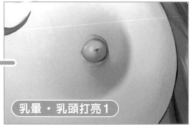
乳暈・乳頭打亮1

POINT 讓乳暈和乳頭更加圓鼓的輪廓光（反射光）

在這幅插圖中，由於我想要強調來自上方的光線，因此並沒有繪製輪廓光。
但是在繪製乳暈和乳頭時，除了陰影和打亮，適度添加輪廓光可以更加突顯立體感。若想要呈現豐滿突起的乳暈和乳頭，這是一個有用的技巧。

◀無輪廓光

▶有輪廓光

07 繪製乳房表面的水滴

在**乳頭・乳暈**圖層組上方建立混合模式為「穿透」的圖層組（**乳房水滴**）並套用剪裁。在圖層組內建立「色彩增值」圖層（**乳房水滴 影**）。用淡橘色繪製附著在肌膚上的水滴陰影。首先使用[畫筆]大致描繪出水的流動，然後使用設定為透明色的[畫筆]或[噴槍]來刮除或稀釋顏色，藉此修飾形狀。

乳房水滴 影
#F0D3CC

乳房水滴 影

在**乳房水滴 影**圖層的上方建立「正常」圖層（**乳房水滴 打亮**）。使用[畫筆]塗上淡淡的白色，為水滴增添立體感。但即使白色畫得過濃，也可以藉由降低圖層不透明度來進行調整，因此不必過分擔心濃淡，放心地上色即可。

乳房水滴 打亮
#FFFFFF

乳房水滴 打亮

在整體上色結束後，在**線稿**圖層組的上方建立**水滴**圖層組。從手臂或頭髮等部位滴落的水滴，以及乳房上的水滴，都比照相同的方法繪製。最後，建立「正常」圖層（**水滴 打亮**）。在所有新增的水滴和乳房上的水滴上，以[畫筆]添加較鮮明的打亮以增添光澤感。添加打亮時須留意輕重層次，在水滴積聚的地方多加打亮，只有略微沾水的部分則少加一些。

水滴 打亮
#FFFFFF

水滴 打亮

在**肌膚**圖層組最上方建立「正常」圖層（**肌膚 打亮**）並套用剪裁。使用[畫筆]在對全體肌膚添加強烈的打亮。在乳房上部描繪出來自畫面右上方光源的光反射。透過輪廓光將左側乳房（在畫面右側）的輪廓增亮，從而強調乳房的輪廓並表現出立體感。

肌膚 打亮
#FFFFFF

08 透過明暗對比強調乳房

在彙整了**肌膚、臉部、飾品、太陽眼鏡**的上色圖層組上方，建立不透明度為60％的「色彩增值」圖層（**臉部 亮度調整**）並套用剪裁。這幅插圖的重點在於展現乳房，因此將吸引觀眾視線的角色臉部稍微增暗，把觀眾的視線引導至乳房上。
使用[噴槍]在臉部和頸部等想要增暗的部位輕輕塗上淡橘色，建立圖層蒙版，並對眼睛以及乳房上部等不想增暗的部分進行蒙版處理。

◀亮度調整前。就連臉看起來也不是那麼吸睛

臉部 亮度調整

臉部 亮度調整
#F5D8C8

▶亮度調整後。藉由將臉部增暗，使乳房變得更加醒目了

89

乳房以外的上色法

頭髮的上色法

① 參考底稿（→p.84）並畫進陰影。先為每一束頭髮繪製大片陰影，接著進行加筆，畫出一根根的髮絲

② 若只是畫上黑髮，會使視覺上顯得凝重，因此使用輪廓光在髮尾和內裏部分增加亮度，表現出「透亮感」

③ 疊加「發光」圖層，為頭髮光澤和受光源照亮的部分補上打亮

④ 最後重疊「正常」圖層，確認整體平衡的同時追加細微的毛躁即完成

眼睛的上色法

① 在底色上方塗上較暗的顏色。不斷重疊塗抹，直到瞳孔和睫毛產生的落影等皆達到滿意的顏色和形狀

② 在睫毛的兩端和眼瞳裡描繪肌膚的反射光。在畫面左上方加上一抹紫色作為點綴色

③ 由於眼睛給人的印象略顯暗沉，因此以亮紫色將眼睛下方增亮。在睫毛上也以同樣的顏色繪製打亮，表現出毛絲的質感

④ 在瞳孔上部以白色添加鮮明的打亮，即完成眼瞳上色

溼透泳裝差分圖繪製過程

09 繪製溼透的泳裝

複製至今為止的插圖檔案，使用由部分圖層合併・整理而成的檔案來製作差分圖。首先直接在線稿 合併圖層上繪製泳裝的線稿。在上色 合併圖層的上方建立泳裝差分圖層組，在裡頭按泳裝的各個部分（布料、寶石、金屬配件：金、金屬配件：白）個別建立「正常」圖層（上色），並且先將底色塗上。

上色

在布料 上色圖層的上方建立「正常」圖層（布料 影1～2）並套用剪裁。使用[畫筆]來描繪陰影，表現皺褶（影1）和寶石產生的落影（影2）。在繪製時留意乳頭部分的鼓起，進一步表現立體感。繪製到影2階段時，由於覺得暗度不足，因此又額外建立了「變暗」圖層（影3），進一步加深泳裝下部的陰影。

布料 影1～3

 布料 影1～2
#847487

 布料 影3
#D6B3CE

回到布料 上色圖層，使用[橡皮擦]等工具擦掉乳頭周圍的底色。這樣可以使位於圖層下方的乳頭部分露出，從而表現出透明感。

布料 上色

在寶石和金屬配件：金等上色圖層上方建立圖層並套用剪裁。添加陰影和打亮，逐步表現出各種飾品的質感。在布料的上色圖層上方建立「正常」圖層，畫上泳裝布料的縫線。由於縫線2是金線，因此疊加「相加」圖層，畫進明亮的打亮。

寶石 影之類

在**泳裝差分**圖層組的最上方建立「正常」圖層（**透明部分 打亮**）。在泳裝的透明部分使用[畫筆]添加白色，以表現泳裝布料上積聚的水分閃耀的樣子。

▶ 加筆部分標記為
黃色

透明部分 打亮

上色 合併

回到**上色 合併**圖層，使用[畫筆]添加從泳裝落到肌膚上的陰影。使用[吸管]工具提取已經上色的陰影顏色，並在肌膚上繪製泳裝繩帶和金屬配件產生的落影。

在包含**上色 合併**圖層和**泳裝差分**圖層組的**上色**圖層組上方建立不透明度為55％的「色彩增值」圖層（**乳暈・乳頭 紅暈追加**）。使用[噴槍]在乳暈部分添加淡紅色，將從泳衣底下透出的乳暈和乳頭紅暈突顯出來，即完成插圖。

乳暈・乳頭
紅暈追加
#FAC5C2

▶加筆部分標記為黃色

乳暈・乳頭 紅暈追加

插畫家　Q&A　>>>　カグユヅ

Q. 您喜歡什麼樣的乳房？

我雖然喜歡小巧的乳房和所謂的美乳，不過在繪製富有彈性與分量的乳房時，還是最讓人感到樂在其中。

Q. 您在畫乳房時有什麼堅持嗎？

我對於用來表現乳房重量感的陰影，以及乳暈立體感特別講究。特別是乳暈，我喜歡它們圓鼓鼓的形狀，因此經常把精力投注於繪製打亮部分。

Q. 要想把乳房畫得更好，您覺得應該注意些什麼？

要畫出乳房獨特的立體感和圓潤感，對於初學者來說可能頗有難度。然而就如這幅插圖，利用髮絲紋路或者泳裝、水滴等元素，也是另一種表現（乳房的形狀）的技巧。這手法同時能夠突顯出角色的性感，非常推薦各位嘗試挑戰。

圖層一覽圖

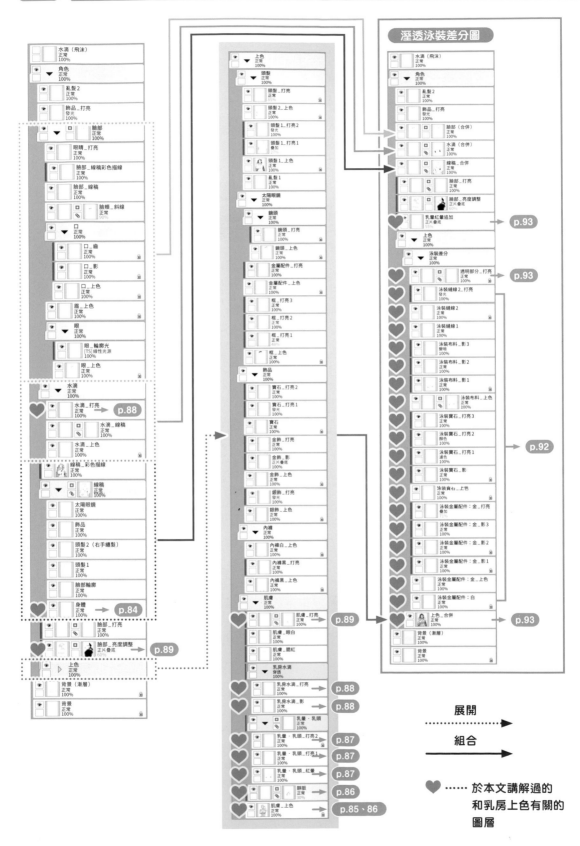

p.93
p.93
p.92
p.88
p.84
p.89
p.89
p.88
p.88
p.87
p.87
p.87
p.86
p.85、86

展開
╌╌╌╌╌╌╌▶

組合
━━━━━━▶

♥ …… 於本文講解過的
和乳房上色有關的
圖層

國家圖書館出版品預行編目(CIP)資料

魅惑美乳上色技巧：從渾圓肉感到誘人光澤一本
完全掌握/一迅社編；吳天利譯. -- 初版. -- 臺
北市：臺灣東販股份有限公司, 2024.02
96面 ;18.2×25.7公分
ISBN 978-626-379-237-1（平裝）

1.CST: 插畫 2.CST: 繪畫技法

947.45   112022737

Chapter 01
乳房與上色的基礎 插畫

うどん。

Profile　插畫家，主要在SNS上活動。
Twitter ID　https://twitter.com/udonalium
Pixiv ID　https://www.pixiv.net/users/15189966

魅惑美乳上色技巧
從渾圓肉感到誘人光澤一本完全掌握

2024年2月1日　初版第一刷發行

編　　者　一迅社
譯　　者　吳天利
編　　輯　魏紫庭
發 行 人　若森稔雄
發 行 所　台灣東販股份有限公司
　　　　　＜地址＞台北市南京東路4段130號2F-1
　　　　　＜電話＞(02)2577-8878
　　　　　＜傳真＞(02)2577-8896
　　　　　＜網址＞http://www.tohan.com.tw
法律顧問　蕭雄淋律師
總 經 銷　聯合發行股份有限公司
　　　　　＜電話＞(02)2917-8022

著作權所有，禁止翻印轉載。
購買本書者，如遇缺頁或裝訂錯誤，請寄回調換（海外地區除外）。
Printed in Taiwan

TOHAN